A noite que nunca acaba

Jovens escribas

CARLOS FIALHO

Revisão
Bethânia Lima
Beatriz Madruga

Projeto gráfico
Danilo Medeiros

Ilustrações
Shiko

Foto do autor
Giovanna Hackradt

Márcio Rodrigues Farias – Bibliotecário – CRB15/RN 0334

F439a Fialho, Carlos.
A noite que nunca acaba / Carlos Fialho. - Natal(RN) :
Jovens Escribas, 2016.

220 p.

ISBN 978-85-55640-21-6

1. Conto brasileiro. 2. Literatura Brasileira. I. Título.

CDD B869.3
2016/02 CDU 869.081-3

A NOITE QUE NUNCA ACABA

Jovens escribas

CARLOS
FIALHO

ANJOS

Natal (RN), julho de 2003.

Brás tomava uma cerveja gelada no Refúgio, um bar agradável, à beira-mar em Ponta Negra. Já passavam das 20h30 e nada de Magnus aparecer. Eles tinham combinado às 8. Apesar de ser um sábado, a orla não estava tão tumultuada como de costume. No próprio bar, além de Brás, havia apenas os garçons, dois casais em uma mesa afastada e dois turistas italianos que tomavam caipirinha e riam ruidosamente logo atrás dele. Mas ainda era cedo. Lá pelas 10, o trânsito ficaria intenso e as calçadas estariam lotadas, bem como as mesas do Refúgio. O garçom trouxe mais uma cerveja. Estava visivelmente incomodado com a algazarra promovida pelos italianos. "Putana mia, outra Caipirona! HUÁ-HUÁ-HUÁ!". Chegou a comentar com Brás, "bem que aquele bandido podia dar conta desses dois". Ele se referia à onda de crimes contra estrangeiros que ocorria na cidade. As autoridades tentaram abafar no início, mas a imprensa logo descobriu e espalhou a notícia. Gringos, quase sempre italianos, assassinados em circunstâncias estranhas, alguns acompanhados de garotas locais, geralmente menores. A polícia, a princípio, desconfiou das meninas, mas a repetição do ocorrido com diferentes garotas descartou essa hipótese. Tratava-se de um assassino em série.

Magnus chegou. Pediu desculpas pelo atraso e sentou-se.

– Foi mal, quase que eu não vinha. Meu pai não queria liberar o carro. Ele tava me dando uma bronca porque peguei o compasso dele e não devolvi. Vou ter que comprar um novo pra ele. É a última vez que pego. E Fêfo? Não vem?

– Só mais tarde. Essa época é foda pra ele. Tá chegando o vestibular e hoje ele foi dar um aulão.

– Fez o que hoje?

– Vim à praia. Fiquei aqui pela frente só *cubano*[1] a galera.

– Você tá ligado que a gente tem prova semana que vem, né? Cálculo 2. Vamos combinar de estudar. Meu pai tem uns livros novos que são *fuderosos*!

– O quê?

Brás não tinha ouvido as últimas frases porque os italianos começaram a gritar gracejos para duas meninas que passavam na calçada. Não eram prostitutas, mas isso não parecia importar para os ébrios estrangeiros. Magnus conhecia uma delas. Era colega de turma de sua irmã, no colégio onde estudava. 15 anos, no máximo. O gerente foi falar com os turistas. Pediu que eles pagassem a conta e se retirassem ou chamaria a polícia. Os gringos ficaram possessos. Vermelhos de raiva, armaram o maior barraco. Gritaram todo tipo de xingamentos, mas acabaram indo embora. Na saída, quebraram uma longneck no chão e um deles gritou: "filho da puta".

– Esses caras não respeitam mais nada. Hoje de manhã, ali em frente ao Fellini, tinha um casal de namorados. Conheço os dois de vista lá da UFRN. Durante um segundo que o cara deu as costas pra comprar um coco, juntaram dois gringos dando em cima da doidinha. Já chegaram chegando! "How much? How much?" O cara veio correndo, dizendo que era a garota dele, que ia chamar a polícia... Só assim pra eles irem embora. Mas ainda saíram rindo...

– Por que você está falando sobre isso? Não estrague a noite com esse papo desagradável.

– Er... Foi mal.

– Olha o Fêfo aí. Chega mais, *bróder. Sentaí.*

Brás, Magnus e Fêfo eram amigos inseparáveis. Os dois primeiros tinham 19 anos e estudavam Engenharia Civil na UFRN. O pai de Magnus também era engenheiro civil e professor do curso. Fêfo era primo de Brás, tinha 20 anos e cursava o primeiro período de História. Havia largado Direito no 3° período para poder fazer o novo curso. Era amigo e protegido de um conceituado professor que sempre o incentivou a lecionar, desde os tempos de escola. Com isso, ainda aluno de Direito, já dava aulas em cursinhos preparatórios para o Vestibular[2]. Agora, já era reconhecido como um dos bons professores de História de Natal.

1. Apenas observando, só olhando o movimento.

2. Vestibular era como se chamava o concurso de admissão nas universidades federais antes do avento do ENEM – Exame Nacional do Ensino Médio.

– E então? A gente só tava esperando você pra combinar o domingo.

– *Hehe*. Beleza. Vamos nessa.

* * *

Domingo, 23h. Uma prostituta faz ponto na Ladeira do Sol. Um automóvel para perto da calçada. Após uma rápida conversa, a mulher entra e o carro arranca pela Via Costeira. É seguido, sem ser notado, por outro veículo. Entram no primeiro motel. O segundo carro vem logo atrás. Alguns minutos depois, a prostituta já está em plena atividade laboral, sendo penetrada por trás pelo cliente que nem sequer perguntou se ela fazia anal. Homens inseguros são assim mesmo: extravasam na agressividade, capricham na síndrome de pequeno poder, jogando sobre as pessoas todas as suas facetas de indivíduo dominante, tentando sustentar sua necessária autoafirmação sobre os demais com as bênçãos do assédio moral, cada justificativa banal ou débil contrariedade servem de desculpa falaciosa para que se arremeta toda sorte de impropérios e ofensas proferidos em altos brados sobre aquele que ousar cruzar o seu caminho de macho alfa. No sexo, não é muito diferente. Ademais de conferir se o pau continua funcionando, a pegada firme ajuda a manter a ordem natural das coisas, reforçando a sensação de poder e assegurando uma maior submissão alheia.

Ela, morena, brasileira, nordestina, 13 anos. Ele, branco, europeu, italiano, 56 anos. Pela terceira vez, em apenas 3 dias na cidade, apreciava da hospitalidade local e aproveitava para realizar a sua fantasia de Lolita.

O gringo descansava após o êxtase, enquanto a menina chorava baixo. Sentia dores. Sexo "pela porta de saída", como costumava dizer uma amiga, não lhe era nem um pouco agradável. Ouviu baterem à porta. Chamou pelo cliente que já roncava sonoramente. "O senhor pediu alguma coisa pelo telefone?" O homem não acordou. Ela, então, vestiu um roupão e foi atender. Abriu a porta e um homem encapuzado apertou um pano com éter contra o seu nariz. O italiano interrompeu a sessão de roncos, acordou e foi surpreendido com uma forte pancada na cabeça. Desmaiou. Ao acordar novamente, estava amarrado e amordaçado. Dois homens olhavam pra ele e a garota usava uma venda nos olhos e chorava sobre uma poltrona. Um dos homens perguntou:

– Você gosta de natureza?

O gringo não respondeu.

– Responde, caralho! Você gosta de natureza? Gosta de praia? Se não me responder, eu te mato agora!

Fez que sim com a cabeça.

– Foi por isso que escolheu Natal pra passar férias?

Nova resposta positiva.

– Então, por que você não vai visitar o maior cajueiro do mundo ou as dunas de Genipabu e deixa as bucetas das nossas crianças em paz?!

O gringo fez cara de que não entendeu. O homem que não havia falado até então tomou a palavra.

– Como é seu nome, menina?

– Elizete.

– Quantos anos você tem?

– 13. Fiz semana passada (disse soluçando).

– (agora dirigindo-se ao italiano amarrado) *13 anni*, gringo estúpido! *13 anni*! *Capice?*! Você atravessa o oceano para vir à minha cidade foder com crianças?! E ainda quer sair impune? Você é um doente! Não tem cura pra você!

– Hum-hum (o turista tentava dizer alguma coisa por baixo da mordaça).

– CALA A BOCA, PORRA! Você já entendeu. E você, menina? Estuda?

– (Com a voz chorosa) Não.

– Já estudou?

– Já.

– Parou por quê?

– Pra botar dinheiro dentro de casa.

– Quanto dinheiro você precisa levar pra casa pra voltar a estudar?

– Não sei (começa a chorar convulsivamente).

– Tá vendo, gringo? É isso que você provoca em nossas crianças. Você não iria gostar que um *brasiliani* como *Io* fosse até Roma e fodesse com sua filha, né? Você tem filha, gringo? Tem família? (O refém apenas olhava assustado sem esboçar resposta.) Tem família ou não tem?!

Fez que sim. O primeiro homem então disse:

– É uma pena que eles não vão te ver mais.

Disse isso e enfiou um compasso na jugular do refém. Depois cortou de uma ponta a outra da garganta. Morreu logo, quase instantaneamente. Abriram a carteira do gringo e encontraram bastante dinheiro. Um dos homens colocou na bolsa da menina. Ao saírem, disse à garotinha: "Pusemos um dinheiro na sua bolsa. Faça matrícula na escola. Volte a estudar". Ela disse "Tá certo", debaixo do choro. Depois disso, espremeu novamente éter contra seu nariz e saíram, deixando-a desacordada. O outro homem mandou uma mensagem de celular.

Ao saírem do quarto, tinha um carro ligado com uma mulher loira ao volante, esperando por eles. Ela havia saído da vaga de outro quarto. Fora neste mesmo veículo que eles entraram no motel, cerca de uma hora antes. Tinham parado em frente ao quarto do turista e da menina, quando os dois homens desceram e entraram pela garagem. Depois, a galega entrou no quarto que havia reservado e ficou por lá por algum tempo até ser avisada pelo celular que "a ação estava concluída".

Mais do que rápido, entraram, se abaixaram e se cobriram com cobertores pretos. A loirinha pagou a permanência e guiou o carro pra fora do motel. Subiram a Ladeira do Sol e entraram numa rua pouco movimentada. Foi então que a motorista tirou uma peruca e limpou a maquiagem, revelando ser um homem. Os outros dois tiraram as luvas cirúrgicas e os capuzes. Todos trocaram de roupas. Os dois que haviam entrado no quarto se desfizeram de capuzes, calças e camisetas. O condutor tirou vestido e peruca. Guardaram tudo, mais o porrete, as roupas velhas e o compasso num saco de supermercado. Pararam em frente a um tambor de lixo, jogaram o saco dentro, despejaram álcool e atearam fogo. Abandonaram o carro que haviam roubado no início da noite graças aos conhecimentos de "mecânica do mal", como chamavam as habilidades que haviam estudado recentemente. Caminharam um pouco até encontrarem o veículo de um deles que estava estacionado em uma rua bem movimentada, bem iluminada.

– Ufa, deu tudo certo. Vamos logo pra casa. Ainda tenho que corrigir prova antes de dormir.

– E você não esqueça, viu? Prova de Cálculo 2 essa semana. Temos que estudar!

– Pode deixar.

CAÍDOS

Natal (RN), março de 2004.

No principal shopping da cidade, em plena praça da alimentação, a cena grotesca atrai a atenção de alguns passantes. Uns olham entre divertidos e perplexos. Outros simplesmente se revoltam. Samara era uma das revoltadas. Advogada recém-formada, estudava para o exame da Ordem e ainda guardava consigo intacto o romantismo típico dos alunos de Direito que acreditam na justiça dos homens, no cumprimento das leis e em ética, palavra muito usada no meio acadêmico como sendo de caráter concreto e facilmente definida, mas de difícil aplicação prática, dada a variadas interpretações contraditórias entre si, quando se falava em ética cotidianamente. Era meio-dia de sábado. Samara e Magnus foram ao shopping almoçar, mas, ao se depararem com o fatídico episódio, ela perdera totalmente o apetite.

Magnus ouvia entediado a afetada pregação da namorada. Sem muito ânimo, fazia menção de concordar em algumas partes pontuais de seu discurso. Vez por outra suspirava e pedia para irem fazer os pratos. Ele não perdera a fome. Isso só enfurecia mais ainda Samara. "Como pode? Justo o Magnus, tão revoltado com essa história de exploração de menores, de turismo sexual, tão possesso contra esse 'estado de coisas', agora está aí, indiferente, mudando de assunto, pedindo para almoçarmos logo!"

A cena grotesca ou fatídico episódio que tirou a fome de Samara fazia parte desse "estado de coisas" a que ela se referia. Um trio de turistas europeus acompanhados de 3 menores, isso mesmo, meninas por volta de seus 14 anos (uma delas com um cachorrinho de pelúcia a tiracolo para compor com pinceladas surreais o absurdo do quadro), promoviam um sinistro espetáculo de chamego e intimidade. As meninas sentavam nos colos dos homens e se deixavam ser apalpadas por eles. Um deles, já grisalho, pediu a certa altura que uma das meninas pusesse a língua pra fora para que ele pudesse chupá-la na frente de um público cada vez maior de espectadores. Emblemático foi quando uma das meninas pediu dinheiro a um dos gringos para brincar no fliperama do shopping. A garotinha foi jogar com os olhos brilhando, mostrando um pouco do sentimento infantil que ainda restava em sua infância perdida.

– Como é que você se comporta assim, Magnus? Onde estão seus ideais? Cadê aquele Magnus que se levantava contra esses idiotas que vêm para acabar com nossa cidade?

– Eu continuo o mesmo, Samara. Apenas não vou ficar comprando briga à toa. Não dá mais! Eles venceram. Esses italianos e espanhóis que vêm pra cá transformaram Natal num cabaré. Os empresários, as imobiliárias, os hotéis... são todos cúmplices. O governo, a prefeitura e a polícia são coniventes. Eu não vou mais me aborrecer. Ninguém faz nada! A sociedade está de braços cruzados, parada, inerte. Vamos comer! Tô cheio de fome!

Levantaram-se e Magnus saiu puxando uma estarrecida Samara pelo braço.

Bem, Magnus tinha lá suas razões para estar acomodado. Mas culpar a inércia e imobilidade da sociedade não era fazer justiça. As pessoas não estavam tão "de braços cruzados" assim. Reações surgiam de todos os lados, partindo principalmente de jovens e universitários. Havia sido fundado o grupo "Xenófobos Natalenses", que espalhava faixas, cartazes, panfletos e camisetas, repudiando com ironia e sarcasmo corrosivo o turismo sexual. Faixas com os dizeres "Welcome, children fuckers" (Bem-vindos, fodedores de crianças) ou "Bem-vindos ao maior cabaré a céu aberto do mundo" ornamentavam a orla de Ponta Negra. Camisetas com as mensagens "Vá comer as putas de Roma!" e "Gringos, go home!" também faziam sucesso.

Lutadores de jiu-jitsu também resolveram comprar a briga, com o perdão do lugar-comum. Os lutadores passaram a espancar gringos que porventura cometessem "imoralidades" pela cidade. A sociedade andava tão revoltada com esse "estado de coisas" que até mesmo uma atitude extrema como essa ganhou a empatia de grande parte da população e até de setores da mídia. Fêfo, professor de História e amigo de Magnus, demonstrava enorme preocupação com essa "guinada à direita" da população. Ele dizia que a "falência das autoridades como guardiãs da ordem e fiscais da observância das leis estava transformando as pessoas em justiceiras e criando uma bolha de intolerância e moralismo que poderia estourar em todas as direções, deixando muita gente seriamente ferida". Magnus concordava com o amigo, mas pouco podia fazer diante do caos que a situação provocava.

A imprensa também fazia sua parte. Estampava escândalos, divulgava esquemas, denunciava envolvidos e acusava as "autoridades competentes" de fechar os olhos para o que todos já estavam cansados de saber: Natal fugira ao nosso controle. Estava à mercê de estrangeiros que desrespeitavam leis e direitos básicos dos cidadãos, além de explorarem sexualmente menores de idade locais.

* * *

Manhã de sábado em Ponta Negra. Fêfo desceu à praia pra curtir o sol e jogar frescobol com o amigo Bruce. Sua habilidade com a raquete fazia dele um dos mais requisitados praticantes do esporte de toda Natal. O jovem professor era adepto do esporte que teve no jornalista Millôr Fernandes seu maior entusiasta. Dizia ele que o frescobol é "a única atividade com real espírito esportivo, onde não há vencidos, vencedores, nem competição". Naquele dia, Fêfo e Bruce chegaram cedo e já jogavam havia duas horas. Exaustos, resolveram parar para dar um mergulho e tomar um coco sob o guarda-sol. Sentado em sua cadeira, Fêfo não pôde deixar de notar a inquietação de Bruce com a raquete em punho. Ele observava de olhos vidrados um espanhol instalado em um guarda-sol próximo que sacudia uma nota de 100 Reais para os passantes.

O espanhol começou a ladrar que daria a nota à primeira pessoa que beijasse o seu pênis. Bruce quase estremeceu de ódio quando o estrangeiro baixou o calção, exibindo seu pênis para quem quisesse ver. Era a deixa que ele queria para sair correndo em disparada na direção do gringo, disposto a matá-lo com uma vigorosa raquetada nos cornos. Se desse azar, ou pegasse de mal jeito, talvez tivesse que se contentar com um traumatismo craniano não fatal. Bruce correu o quanto pôde, ergueu a raquete e com toda a força aplicou o golpe que... poderia até ter acertado o alvo, não fosse a intervenção de Fêfo que pulou sobre ele na hora H.

O gringo caiu assustado. A nota de 100 Reais voou e aterrissou nas mãos de um pedinte que se utilizava da ausência de uma perna para conseguir dinheiro dos frequentadores da praia. As pessoas que estavam em volta corriam e gritavam. Algumas delas que, inclusive, formavam uma fila, momentos antes, para atender os desejos do gringo. Dois outros espanhóis amigos do que estava caído vieram em socorro do compatriota, dispostos a agredir Bruce e Fêfo. Os amigos então correram dali imediatamente. Enquanto corriam em disparada, Fêfo repreendia o parceiro de frescobol:

– Corre, porra! Senão a polícia chega e a gente tá fudido. Você vai ter que responder por tentativa de assassinato. Cê tá doido?! Como é que você tenta agredir o coroa assim?

– Porra, Fêfo! Essas coisas me revoltam! Você viu a fila que se formou pra beijar o pau do cara? Minha vontade é de matar esses gringos. Onde já se viu?

– Mas não é assim que você vai resolver o problema.

– E como é então, pô?! Com essa sua calma? Quer saber? Certos estão aqueles caras que estão matando os gringos nos motéis. Você não viu os jornais?

– Vi e vi também que os principais suspeitos são os próprios estrangeiros. Dizem até que tem máfia no meio. Mantenha a tranquilidade, Bruce. Essas atitudes impensadas só vão prejudicar você – disse Fêfo pacientemente, num tom professoral. A prudência e a calma são algumas de suas maiores virtudes como professor.

* * *

Brás não queria ir pro aniversário do colega. Não gostava de bordéis, mesmo que fossem de alto nível como o "Terra da Fantasia". Havia achado péssima a ideia de promover a festa ali, mas acabou indo. Daria uma passada rápida e iria embora cedo. Magnus pediu que transmitisse suas desculpas ao aniversariante. Não poderia comparecer, pois brigara com Samara e não estava a fim de piorar a situação. Quando Brás chegou e avisou que Magnus não viria, o amigo logo virou motivo de chacota na turma. Foi chamado de *manicaca*[1] e passou a protagonizar várias piadas improvisadas. Brás até

1. Aquele que é mandado por mulheres.

que não achou ruim a situação, pois desviou a atenção de todos do fato de que ele ficaria pouco tempo por lá. Deu os parabéns ao dono da festa, entregou o presente e sentou-se a uma mesa com alguns da turma. Todos riam e conversavam bastante. A turma de Brás e Magnus é a mais animada e unida do curso de engenharia. Os caras da mesa começaram a comentar sobre a recente venda do "Terra da Fantasia".

– Venderam? Venderam pra quem? – quis saber.

– Você não sabe? O dono vendeu tudo pra um italiano.

– Sério?

– É. Os caras já são donos de metade de Ponta Negra. Tão comprando geral. Sabe que meu tio estava pensando em se mudar pra cá com a família. Procurou um apartamento num prédio bem-arrumado que tem aqui próximo e descobriu que ele foi todo comprado por italianos. 18 caras da polícia montada de uma cidade do interior da Itália compraram o prédio inteiro!

– Num brinca!

– *Hômi*, eu num *tô* dizendo? Esses caras vêm aqui atrás de putaria. São uns devassos. Deixam as mulheres na Europa e vêm praticar turismo sexual aqui. Meu tio desistiu na hora. Vai ficar lá por Candelária mesmo. Isso sem falar nas histórias envolvendo tráfico de drogas, lavagem de dinheiro. O próprio "Terra da Fantasia" pode ser um exemplo disso.

– Parece que o "La Mariposa" também foi comprado por um italiano, ouvi dizer.

– Tá vendo? Isso é uma tendência. Os caras estão cheios da nota e investindo pesado. Euro é uma moeda mais forte que

Dólar. Essa União Europeia foi um tremendo de um golaço pros caras. Não vão ver uma crise mais nunca na vida deles.

Em meio à conversa, um senhor aparentando mais de 50 anos aproximou-se da mesa e perguntou se não estava faltando nada. Apresentou-se como Alessandro, o novo proprietário do lugar. Brás respondeu que estava tudo bem e convidou o sr. Alessandro a sentar à mesa.

Fez perguntas sobre o movimento no estabelecimento, se tinha muitos clientes estrangeiros. Seu Alessandro era um italiano simpático e bonachão. Gesticulava muito quando falava e não fugia do assunto nunca. Falou que o negócio ia bem. Tinha clientes brasileiros, portugueses, mas o grosso mesmo eram os espanhóis e italianos. Disse também que vai tentar trazer cada vez mais compatriotas a Natal. Estava em contato com hotéis e pousadas de Ponta Negra e com operadoras de turismo italianas.

– Meus conterrâneos adoram as bambinas brasilianas – disse antes de soltar uma sonora gargalhada. Brás o acompanhou sorrindo.

As luzes se apagaram e apenas um facho iluminou o palco. Uma garota aparentando seus 18 anos deu início a uma bela performance de strip tease. Brás cutucou o gringo provocando-o:

– Você gosta disso?

– Muito velha para mim. Prefiro mais jovem. BEM MAIS JOVEM! – o gringo soltou outra gargalhada que ecoou por todo o ambiente. Todos na mesa ficaram sérios, encarando-o com um severo olhar de reprovação. Menos Brás que ficou com dor de barriga de tanto rir e pareceu não entender a seriedade dos colegas.

* * *

Samara faz balé desde a infância. É sua maior paixão. Se alguém quiser vê-la verdadeiramente irritada, experimente chamá-la de dançarina. Não entende como as pessoas podem não saber a diferença entre uma bailarina como ela e uma dançarina. Recentemente, ela também entrou num curso de teatro oferecido por um grupo local na "Casa da Ribeira". Além disso, estuda dia e noite para o exame da OAB. O balé e as aulas de encenação funcionam como ótimas terapias para contrabalançar o estresse dos estudos. No fim da tarde deste sábado, teve aula de teatro. A ida à "Casa da Ribeira" veio bem a calhar, pois ela andava uma pilha desde o ocorrido no shopping quando, pra completar, discutira com Magnus devido a sua posição de "preguiçosa neutralidade" diante dos fatos. Ela sabia que tinha sido muito rígida com o namorado e que apenas descontou nele toda sua raiva dos italianos.

Ao chegar em casa, tomou um banho, jantou e foi estudar bem mais relaxada. Mergulharia nos livros noite adentro. Só falaria com Magnus no dia seguinte quando estivesse mais tranquila. Samara precisava mesmo se dedicar aos livros. Na última edição do exame da OAB no estado, o índice de reprovação foi de 87% dos candidatos. O episódio do shopping ainda se mantinha incomodamente vivo em sua memória, mas, na medida do possível, ela procurava se concentrar.

Estudou até as 3 da manhã quando, esgotada de suas forças, finalmente foi dormir.

Levou um susto quando seu celular tocou uma hora depois.

* * *

"Amore mio, vamos comigo a Itália", repetia Giuliano à pequena Maria de 13 anos. Para ela que nunca ganhou nada da vida, seria uma chance de virar o jogo. Casar com um estrangeiro, apaixonado por ela e com condições financeiras para oferecer-lhe a vida que sempre quis. A pobre menina, no frescor de sua puberdade, não sabe que, uma vez desembarcados na Itália, o seu "namorado" vai deixar de ser tão carinhoso. Ela pensava sempre no caso de Rosa, amiga de infância, vizinha de porta em Mãe Luíza. Casou com um gringo, foi com ele para a Europa, constituiu família e hoje está feliz por lá, vivendo no primeiro mundo, comendo do bom e do melhor.

O que Rosa nunca contou em suas cartas é que o marido era alcoólatra e violento, espancando-a quase que diariamente. Também nunca mencionou o fato de ela ter arrumado outra mulher. Se essa for a ideia de Maria para felicidade, é provável que seja isso que ela encontre por lá.

Maria ri do convite de Giuliano, finge declinar, não se interessar, mas sabe que se o gringo estiver mesmo falando sério, aceita na mesma hora. Já são quase 2 da manhã e ela quer ir para casa. Seria aniversário do irmão caçula de 5 anos, por isso não quer chegar muito tarde para poder arrumar a festinha. Não quer dormir na pousada esta noite.

Giuliano vai deixá-la no ponto de táxi mais próximo da pousada. Dá a ela algum dinheiro e se despede. Volta sossegado pelas ruas de Ponta Negra, algumas bem escuras e esquisitas. Sorri, pensando em tudo que lhe disseram sobre a violência no Brasil. Estava no país havia quase um mês e achava tudo um mar de quietude. Talvez Natal seja diferente do restante do país. Talvez seja mais tranquila que a média. Essa foi a última coisa que pensou antes de tombar na calçada de uma rua escura. Uma pancada seca e certeira na nuca o derrubou sem sentidos.

– Branquelo de merda! Cabeça dura do caralho! Partiu ao meio minha raquete. Olha só como ficou?

– Shhhh! Tá maluco? Silêncio, rapá! Quer chamar a atenção da vizinhança inteira?

– Vâmu, vâmu, vâmu! Ligeiro. Amarra, amordaça e joga na mala do carro.

* * *

Na estrada, um barulho começou a ser ouvido vindo do porta-malas. "O 'Giuseppe' deve ter acordado", comentou alguém. O carro fez uma curva fechada e entrou numa estrada de barro em meio a um canavial. Quando já havia se embrenhado o suficiente, o veículo parou. Hora de descarregar.

– Todo mundo vestindo o seu capuz.

Abre-se o porta-malas. O gringo é ofuscado por 3 lanternas.

– Fala, meu amigo.

– Tava legal o shopping hoje? Você deu muito mole, hein? Não deu trabalho nenhum pra encontrar.

– Deixei a Samara em casa e voltei correndo pro shopping. Eles ainda estavam lá. Segui o táxi até descobrir a pousada onde ele estava. O foda é que tinham outros dois com ele. Minha vontade é pegar todo mundo.

Giuliano fez menção de gritar. Como estava amordaçado, tudo o que conseguiu foram alguns gemidos histéricos. Os três amigos com certo esforço retiraram o "hóspede" do carro e levaram para o meio do canavial.

– Olha como brilha esse estilete.

– Eu também fui às compras. Olha aqui, "*tifódi*", um compasso novinho que vou usar em você.

– Posso fazer as honras hoje? Nunca usei o compasso.

– Tá bom. Vai lá, professor.

– Mas antes vamos explicar por que ele está aqui. Olhe, meu amigo. Você foi condenado à morte por promover o turismo sexual em território brasileiro. Prometemos ser rápidos, pois não queremos que você volte à Itália reclamando do serviço local.

– Com certeza ele não vai fazer isso.

Giuliano olhava para eles aterrorizado. Já não tentava gritar, nem resistia, nem se mexia. Apenas via Magnus, encapuzado, abrir o compasso e preparar para aplicar-lhe um golpe. Os olhos do algoz emitiam um forte brilho de dentro do capuz, tanto que iluminavam tudo ao redor, de forma exagerada até. "Peraí, essa luz toda não pode vir dos olhos dele", pensou Brás.

– Todo mundo parado! Aqui é a polícia!

* * *

Um taxista vira tudo quando eles golpearam o turista e o jogaram na mala. Seguiu o carro dos jovens sem ser notado até que eles entraram no matagal. Daí, chamou a polícia.

Foram jogados numa cela junto com outros presos. Um dos detentos perguntou, meio gaiato, diante do olhar cúmplice de todos os outros:

– Foram presos por que, meninas?

– Assassinato em série!

A resposta firme e rápida de Fêfo fez com que os outros presos os deixassem em paz. Enquanto isso, eles precisavam decidir o que fazer.

– O delegado disse que só temos direito a um telefonema pros três.

– Nossos pais?

– Tá louco? Eles vão pirar e não vão conseguir resolver porra nenhuma.

– A gente precisa é de um bom advogado. Vocês não conhecem algum?

– Eu sei de alguém que pode arrumar um.

No caminho até o telefone da delegacia, o carcereiro falou a Magnus:

– Sabe, bicho, que o delegado não me ouça, mas eu acho legal o que vocês fizeram. E num sou só eu não. Tem muitos colegas da polícia que dão o maior valor. A gente até pensava que era um dos nossos que tava queimando os gringos. Mas nunca que eu ia imaginar que era 3 moleques cheirando a leite que nem vocês. Que coragem, viu, bicho? Parabéns!

– Isso é um mal-entendido. A gente vai esclarecer tudo.

– Hahaha! Claro que vai. Taí o telefone.

Número discado. Do outro lado da linha, uma voz sonolenta atende:

– Alô.

– Samara?

RENASCIDOS

Natal (RN), abril de 2004.

Foi uma verdadeira bomba de efeito devastador e consequências nunca antes experimentadas numa cidade tão provinciana. Três jovens de classe média, de boas famílias, presos como os responsáveis pelas mortes de turistas europeus que, até então, vinham sendo atribuídas a alguma organização mafiosa italiana. Era o que tudo levava a crer, uma vez levantados os fatos. Suspeitos vinham sendo monitorados e ouvidos pela polícia. A imprensa também andava num clima de incontida excitação, tantos eram os assuntos relevantes e notícias de interesse geral da atemorizada classe média. Os periódicos impressos tiveram um enorme aumento nas tiragens. As vendas cresciam a cada novo cadáver de turista estrangeiro encontrado com flagrantes sinais de tortura.

As dúvidas que pairavam eram relativas à origem da quadrilha. Poderia ser de Nápoles ou da Sicília, mas havia um consenso em torno da clássica Máfia que nos acostumamos a ver na tela, imortalizada pelo charme criminoso dos Corleone ou dos Soprano. Mal sabiam as pessoas que a realidade não tinha nada de tão bonito assim. A vida real não tem diretor de fotografia nem Al Pacino no papel principal. A Polícia Federal logo assumiu o caso, por se tratar de uma trama internacional. Pela mesma razão, a Interpol foi chamada a colaborar. O motivo de todas as desconfianças recaírem sobre os nativos da Velha Bota estava bastante claro. Todas as vítimas eram adeptas da mais sórdida modalidade de turismo sexual, havendo adquirido seus "pacotes completos" com direito a acompanhantes menores de idade, acesso a drogas sintéticas e cocaína em quantidades quase industriais entregues no hotel. As mortes poderiam muito bem ter sido encomendadas em razão de dívidas adquiridas e não honradas ou mesmo por queima de arquivo. Vá saber.

Quando houve o episódio da prisão dos três rapazes, faltou chão para os pais e mães da cidade. Os mexericos e conversas informais, localmente chamados de resenhas, também abundaram em festinhas da *society* e mesas de bar nas calçadas do Plano Palumbo. Sim, todo mundo sabia de alguém que conhecia um dos três suspeitos. Não, ninguém nunca desconfiou de nada. Como pode aqueles três, tão calmos, tranquilos, até meio *pombões*[1], abestalhados de tudo, serem os perversos e ardilosos malfeitores que conceberam e praticaram tais atos de tamanha crueldade? Mataram a sangue frio nada menos que 8 turistas, até que a polícia finalmente conseguisse pegá-

1. Bobalhões, lesados.

los. Mas aí, já haviam se passado mais de dois anos desde o primeiro assassinato atribuído a eles. O estrago estava feito. Voos internacionais cancelados, a ocupação dos hotéis caiu, incidentes diplomáticos entre Brasil e Itália. Um acusava o outro de inoperância policial por não descobrir quem estava tirando a vida de seus cidadãos. O outro contra-argumentava que criminosos estrangeiros andavam penetrando em seu território para cometer as mais vis atrocidades e escapar da justiça de seu país de origem.

A prisão dos jovens quando estavam prestes a executar mais uma de suas vítimas deixou apertados os corações de muitos natalenses. Era como se a violência urbana tivesse chegado dentro de suas casas, mas de uma forma diferente de como estavam acostumados. Agora, alguns dos seus eram agentes desta tão odiosa prática que atenta contra a integridade das pessoas. Sua casta social havia sido ferida no que tinha de mais caro: a reputação, o nome a zelar, a imagem projetada aos demais. Dali por diante, todos os seus pares seriam vistos como potenciais assassinos e criminosos. Por tudo isso, a comoção ganhava cada vez mais intensidade e se alastrava pela capital dos magos desesperados.

A negação, primeiro estágio natural a suceder qualquer situação traumática, adquiria força entre os formadores de opinião sob o verniz de um movimento organizado em prol da defesa da dignidade dos cidadãos de bem. Como não poderia deixar de ser, tal articulação foi feita pelas mulheres desta cidade em que elas sempre demonstraram ser mais fortes. Eram as mães zelosas de seus filhos, capazes de tudo para defender os frutos de seus ventres, inclusive de transformar a realidade, de fazer algo *desacontecer*, de negar veementemente a mais flagrante das situações, fazendo ouvidos de mercador ante as evidências apresentadas, tapando os olhos em face das provas incontestáveis, bradando furiosas contra as manchetes e as autoridades constituídas que perdiam toda a sua pose quando confrontadas pelas mães potiguares que carregam consigo o sangue de suas ancestrais, as índias potiguaras, que saíam para caçar enquanto os maridos descansavam no fundo de uma rede e matavam europeus com cipoadas de tacapes na cabeça para depois devorar os mais destemidos inimigos a fim de absorver sua coragem e bravura. Com mulheres assim, não é recomendável brincar.

A persistência delas em demonstrar a inocência dos três rapazes, agora enclausurados, não iria arrefecer. Logo, os jornais (comandados por homens que, por sua vez, eram manobrados pelas esposas e filhas) dariam o outro lado da notícia, aquele no qual os jovens apanhados em flagrante não passavam de vítimas de uma grande armação, de uma conspiração engendrada por alguma das mais nefastas e abjetas quadrilhas internacionais, mesmo que esta versão não representasse um fato propriamente dito.

* * *

Muito se especulou sobre o destino dos meninos quando fossem para Alcaçuz. Os maledicentes, com a crueldade que lhes é peculiar, repercutiam as diferentes maneiras que eles poderiam ser agredidos na penitenciária. Surras, humilhações e estupros eram algumas das hipóteses levantadas. A possibilidade de que eles se tornassem "namoradas" de outros detentos mais veteranos animavam as especulações cada vez mais empolgadas dos ébrios comensais, fazendo subir os tons de voz e lhes provocando altas e contagiantes gargalhadas.

Conscientes dos riscos, seus pais não pouparam esforços em buscar contatos influentes no judiciário, na imprensa, na política, junto ao empresariado. Todos foram por demais solícitos e empreenderam abnegado e voluntário esforço em dar aos rapazes o tratamento especial possível. Como nenhum deles havia concluído o ensino universitário, o que à época dava direito a uma apartação daqueles que não possuem diploma superior, como um cordão de isolamento a separar os pobres dos remediados numa festa popular, lhes era vedado o direito a uma cela especial. Sem tal separação, o destino dos três seria conviver com a escória da sociedade, os ladrões e assassinos, traficantes e golpistas, ávidos por um reencontro com a sociedade de onde os jovens se originaram, sedentos por vingança, possivelmente ansiosos por dividir com os novos colegas suas angústias e frustrações, fazendo-os sentir na pele um pouco do tratamento dispensado a eles em todo esse tempo de privação de liberdade, suas memórias do cárcere, suas mais gracilianas confissões.

Após todo o envolvimento da elite política (não houve parlamentar das bancadas federal ou estadual, vereador ou chefe do executivo que não se empenhasse pessoalmente em salvar os jovens), econômica (empresários pressionaram autoridades e veículos de comunicação para aderir à campanha de dar aos réus um tratamento "adequado" conforme seus direitos e merecimento), e jurídica (juízes e desembargadores, sensíveis ao clamor da opinião pública, não se permitiram ficar omissos), numa reação rápida e altamente eficaz movida por uma espécie de instinto natural de autoproteção, conseguiram que os três ficassem isolados numa cela, sem contato direto com os outros detentos. Paralelamente a isso, os advogados contratados pelas famílias entrariam com pedidos de *habeas corpus* para que os acusados respondessem pelos crimes em liberdade com o comprometimento dos magistrados de darem celeridade ao processo assim que este caísse em suas mãos. Tal agilidade seria imprescindível para salvar os meninos de males inimagináveis.

* * *

– Ei, Cheirinho. Tem uns boyzinho novo aí. Esse hômi tá ligado?

– Tô sabendo já.

– Três playboy pra gente tirar dinheiro deles.

– Me disseram já.

– Tão tudo com medo dentro da cela, mas já mandei dar uns recado lá, daquele jeito, dizendo que eles não vão ter vida fácil aqui não.

– Quero falar com eles.

– Eita! Vai botar pressão, chefe?

– Ninguém encoste neles antes de eu falar. Ninguém nem dirija a palavra pra eles antes de eu ter um papo reto com os caba.

– Deixa a gente ir amaciando pra esse hômi. A gente vai metendo medo nos boy, aí quando esse hômi for, eles vão dar até as calça pra gente. Vou levar Ditão Pé de Mesa pra mostrar os "documento" dele e fazer os boy se mijar todinho de medo de perder as prega dos *frezado*.

– Ninguém vai lá sem eu mandar, porra! Caralho! Tá ficando doido? Não tá me escutando não? Ou se abestalhou de vez? Você vai dar o recado pro povo todinho! Ninguém fala nem encosta nos boy! Deixa eles comigo! Só quem fala com eles, por enquanto, sou eu! Eu quero que você traga eles aqui. Ou então, melhor ainda, deixe que eu vou lá. Junte uns caba aí! No próximo banho de sol, a gente dá uma passadinha na cela deles. Fale com Ciço, o agente que trabalha na quinta, ele vai fazer que nem sabe que a gente foi lá.

– Certo.

– Quinta-feira.

– Certo.

– Junte os caba.

– Podexá.

* * *

Com o passar dos dias e a mudança de postura dos jornais e noticiários televisivos, o delegado da Polícia Federal que cuida do caso resolveu convocar uma entrevista coletiva na sede da entidade em Natal. Sentiu-se na necessidade repentina, pois os veículos, num primeiro momento informaram o fato com estardalhaço e sensacionalismo sem qualquer questionamento, mas depois passaram a colocar em xeque toda a operação, a veracidade das informações que vinham à tona, a idoneidade da investigação, as supostas pressões de autoridades italianas para que houvesse um desfecho "favorável" aos seus habitantes, implicando inocentes brasileiros, o envolvimento de membros da PF em atividades nada meritórias e as consequentes punições administrativas sofridas por eles. Enfim, foram tantas as manchetes comprometedoras que os superiores determinaram que o responsável pelo caso explicasse tudo o que os jornalistas quisessem saber, de forma a reverter a situação que já principiava a manchar a imagem da instituição. Boatos davam conta, inclusive, que uma equipe do Jornal Nacional estava na cidade para fazer levantamentos sobre todo o episódio e, dependendo do enfoque que eles dessem à operação, os danos à corporação poderiam tornar-se por demais graves.

O delegado Eustáquio Dantas, veterano da Polícia, que tantos casos já havia desvendado, dono de longa lista de quadrilhas desbaratadas e de bandidos postos atrás das grades, que já trocou tiros com meliantes em Foz do Iguaçu e Xapuri, que não tinha medo de ninguém, que participara da operação que prendeu o Beira-Mar em plena selva colombiana, estava sereno, certo de que a motivação de tantas notícias negativas em torno do caso nos últimos dias era a sonegação de informações que os policiais vinham promovendo para não atrapalhar as investigações. Agora, com o episódio elucidado e a situação resolvida, não havia mais motivo algum para esconder nada de ninguém. Com isso, o jogo certamente iria virar a seu favor e a tranquilidade voltaria a reinar na entidade. Aliás, era bom que tudo voltasse ao normal, pois seus chefes andavam bastante nervosos, angustiados e inseguros, o que provocava neles reações nada cordiais para com os subalternos.

Na hora marcada, no auditório que fica no primeiro andar do prédio localizado próximo à Avenida Capitão-mor Gouveia, Eustáquio estava posicionado no centro da mesa, ladeado pelo assessor de imprensa da entidade e o superintendente regional. Os três anunciaram o início da sessão de perguntas quase na hora marcada, e, com um pequeno e protocolar atraso de 15 minutos, a entrevista começou. A primeira pergunta atravessou a sala como um disparo desferido por um bandido qualquer dos tantos que ele perseguiu durante sua carreira: "Qual a influência da pressão exercida pelo governo Berlusconi nas conclusões obtidas pela equipe chefiada pelo senhor?". Ainda impactado pela força da inusitada pergunta, o experiente agente respirou fundo, tomou um copo d'água e, quando estava a ponto de dizer qualquer coisa à guisa de resposta, foi antecedido pelo assessor de comunicação que afirmou com firmeza, mas sem um tom de confronto, de modo a evitar uma indisposição precoce com a imprensa logo no início dos trabalhos, complementou ainda que ações como a prisão dos envolvidos e o desmantelamento da quadrilha só se deram após o recolhimento de diversas e conclusivas evidências que seriam apresentadas a todos ali mesmo, dentro de instantes. O superintendente fez cara de poucos amigos para o jornalista autor da pergunta, encarou-o fixamente por longos segundos com ódio no olhar. Eustáquio, por sua vez, sentiu um misto de contrariedade e alívio com a intervenção repentina do assessor. Foi pego de surpresa pela contundência do questionamento, mas sabia que era seu dever, e não do colega, responder a contento, sem derrapar ou demonstrar fraqueza. Já o assessor ficou bastante satisfeito com a própria iniciativa, feliz da vida com o que considerava a atitude certa a ser tomada num momento delicado.

O trio foi resgatado de seus devaneios pelo petardo seguinte. Na verdade, vários, múltiplos como uma rajada de metralhadora. Palavras duras embrulhadas pra presente pelo tom de voz cordato do próximo repórter a fazer uma pergunta: "Vocês esperam que as pessoas acreditem que crimes tão bárbaros possam ter sido cometidos por três rapazes de classe média, réus primários, que nunca nem brigaram na escola, contra estrangeiros envolvidos em esquemas internacionais de turismo sexual e tráfico de drogas, devedores de mafiosos italianos? Este não é um enredo muito fantasioso pra esse estado onde nada de extraordinário acontece? A Polícia Federal, que vem ganhando bastante notoriedade por sua atuação incansável contra bandidos e contraventores, não põe tudo a perder com algo tão, aparentemente, inverossímil?" O superintendente desviou seu olhar penetrante para o responsável por tais agressões maquiadas de perguntas, o assessor de comunicação respirou e puxou seu copo com água, o delegado trouxe o microfone para perto de si. Antes de responder, menos para testar do que para ganhar tempo, deu-lhe três batidinhas leves que ecoaram por todo o recinto. "Boa tarde..."

* * *

A cela era apertada, mesmo que não estivesse superlotada como as outras, mas ainda assim, os três novatos evitavam sair para os periódicos banhos de sol. Preferiam manter-se enclausurados no claustrofóbico espaço. Tinham medo dos demais detentos. Vinham recebendo intimidações através das grades de alguns mal-encarados coleguinhas de prisão. Naquela quinta, porém, o caldo parecia ter entornado de vez. Um grupo de internos, formado por alguns dos mais perigosos bandidos presos ali, resolveu fazer uma visita sem qualquer convite. Os três branquinhos ficaram ainda mais alvos, pálidos, sem uma gota de sangue nos rostos assustados. As visitas tinham expressões de poucos amigos, muitas tatuagens desbotadas nos corpos morenos, vestiam trapos e o forte cheiro de homens suados concentrados em um espaço diminuto beirava o insuportável, contribuindo para o ambiente insalubre e sufocante.

A chegada da comitiva foi uma surpresa para os anfitriões. A princípio, o agente penitenciário abriu as grades da cela para que eles pudessem sair e tomar banho de sol, coisa que nunca faziam. Ato contínuo, Brás ia até a grade e a encostava na parede, como se pudesse proteger-se melhor assim.

Tratava-se apenas de um leve expediente psicológico, pois como o agente levava o cadeado consigo, não era possível trancar a cela. Desta vez, porém, antes da grade encostar na parede, uma mão segurou-a com força.

– Aê, playboy. Hoje é dia de visita. O hômi que manda aqui dentro quer ter um papo reto com vocês.

Silêncio. Os três se prostraram de pé, encostados no fundo da cela. O líder dos visitantes tratou de (tentar) tranquilizá-los.

– Senhores, bom dia. Vocês se sintam em casa, viu? Podem sentar aí que vou contar uma historinha pra vocês.

Silêncio, nenhuma reação visível.

– Que vocês são mudos, eu até gosto. Mas não podem ser surdos não. Quando eu der uma ordem, quero que vocês obedeçam. Sentem aí, porra! Que eu quero que vocês prestem atenção na historinha.

Sentaram tão rápido quanto se é possível.

– Isso! Agora sim. Negócio é o seguinte...

* * *

As manchetes dos jornais do dia seguinte estampavam:

"QUEM VIGIA OS VIGILANTES? – Polícia Federal se confunde toda ao tentar explicar uma versão na qual só eles acreditam. E agora? Quem poderia investigar os investigadores?"

"HISTÓRIA MAL CONTADA – A incrível quadrilha de estudantes que assassinava suas vítimas com o material escolar."

"TEM QUEM ACREDITE? – Polícia busca testemunhas que possam confirmar o fantasioso desfecho do caso dos turistas mortos. Talvez as encontre entre os verdadeiros assassinos."

Em seu editorial, intitulado "Tempo para a Justiça", o Novo Jornal declarava que a pressa em mostrar serviço aliada à necessidade quase irracional de dar uma satisfação à sociedade estava prejudicando demais o trabalho realizado pela Polícia Federal, podendo provocar inclusive uma grave injustiça caso resultasse na condenação de jovens inocentes, uma vez que até o momento nada podia ser provado contra os três rapazes que, aliás, já se encontravam vitimados por um irreparável constrangimento, pois a simples suspeita que recaía sobre eles, tornada pública pela PF, já os convertia em condenados aos olhos da opinião pública. O texto terminava clamando por mais tempo para que os acusados exercessem o direito à plena defesa e que pudessem, inclusive, ser devolvidos ao seio da sociedade, uma vez que, até uma contundente prova em contrário, aqueles pacatos estudantes da UFRN não ofereciam real perigo aos cidadãos.

Um dos principais colunistas do jornal resgatava em sua coluna casos ocorridos em tempos idos na cidade de Natal. O texto levava o título de "Inocentes úteis" e dizia o seguinte:

"Nesta capital natalina em que o sempre perene espírito do verão nos leva a militar pelas causas urgentes e exigir soluções antecipadas, o Sol, astro rei, no seu clamor escaldante, parece exigir autoritariamente, como bom déspota que é, que não adiemos ações, que tenhamos "atitude" e que tomemos providências imediatas que possam resolver "instantaneamente e de uma vez por todas" tudo aquilo que nos aflige, incomoda, amedronta. No entanto, a constante exposição ao calor que nos impõe este tirano governante estelar também parece embotar nosso raciocínio, fazendo com que cometamos erros no afã de ver solucionadas situações que exigiriam tempo para encontrar a verdade por trás de uma série de ocorrências confusas e desconcertantes.

Como no episódio que supostamente elucidou o assassinato do comerciante Chico Pirancó na década de 1970. Na ocasião, um inquérito resolvido com agilidade incomum, um homem sem antecedentes criminais foi acusado e condenado pelo assalto com morte ao tradicional armazém de secos e molhados "O Mascate", localizado no centro da Cidade. Com saúde debilitada, o suposto criminoso acabou falecendo pouco mais de um ano após ser preso, em razão de sua condição cardíaca e da falta de tratamento adequado na prisão. Pouco depois de sua morte, descobriu-se que um ex-genro de Chico Pirancó, o comerciante assassinado no assalto, havia tramado tudo para vingar-se do sogro. Mas era tarde e nem a polícia que prendeu o agora falecido nem a justiça que o havia condenado nunca emitiram sequer uma nota de pesar, quanto mais um pedido de desculpas.

Na década seguinte, nos anos de 1980, uma série de assassinatos passou a chamar a atenção da imprensa e, por extensão, da população. Criminosos de alta periculosidade que aterrorizavam, sobretudo as periferias de Natal e de cidades próximas, foram sendo encontrados mortos. Pela maneira padronizada com que as execuções eram realizadas, sempre com um tiro fatal desferido na nuca dos malfeitores, os jornais atribuíram as mortes a uma espécie de entidade que denominou de "Mão Firme". Houve uma verdadeira sensação na cidade, muitos de puseram a favor da "Mão Firme". O jornalista João Maria Pinheiro (in memorian), lendário repórter de polícia do Diário de Natal, escreveu diversas matérias elogiosas, a mais famosa sob o título de "Mão Firme – a justiça nos acena". Mas logo surgiram os expoentes dos Direitos Humanos que condenaram aquele ato de limpeza da criminalidade, comparando a prática a um genocídio e rotulando seus praticantes de adeptos do nazismo e de suas estratégias de eugenia. Pressionadas, as autoridades tiveram que tomar alguma providência e acabaram por encontrar seus bodes expiatórios. Um grupo de policiais que, até onde se soubesse, eram fiéis cumpridores de seus deveres como agentes públicos de proteção social, agraciados seguidas vezes com honras e medalhas de bravura em ação, foram julgados por formarem um grupo de extermínio que estava por trás das ações do justiceiro batizado de "Mão Firme".

Foram expulsos da corporação e presos pelos crimes. O secretário de segurança também chegou a ser indiciado, pois a promotoria acreditava que ele havia sido conivente com as ações, mas acabou inocentado. Havia, inclusive, quem fosse mais longe e o apontasse como grande mentor das ações impetradas por eles. O curioso é que, durante os três anos em que a "Mão Firme" bateu forte na bandidagem, os índices de criminalidade na capital tiveram queda tão espantosa que nenhuma política de segurança pública colocada em prática depois dos episódios jamais foi capaz de igualar. Com a volta da escalada de crimes, após o desbaratamento deste mecanismo informal de proteção social que a imprensa chamou de "Mão Firme", a mão frouxa do Estado voltou a fraquejar e muitos se perguntaram o que levava entidades que dizem proteger os "direitos humanos" a defender bandidos tão perigosos, uma vez que fazendo isso elas estão, a rigor, se colocando contra os cidadãos de bem, que pagam seus impostos em dia e que não saem por aí praticando atos violentos contra os demais. Com a enorme frustração devido ao desdobramento dos fatos, João Maria Pinheiro chegou a escrever um artigo chamado "Direitos Humanos para Humanos Direitos" pelo qual foi saudado e muito incensado. Com o tempo, os policiais presos acusados de compor o suposto grupo de extermínio foram soltos em razão da inconsistência das provas que havia contra eles, evidenciando este como sendo mais um caso em que inocentes foram acusados por ações sobre as quais não detinham responsabilidade direta, mas atendiam às necessidades de as secretarias de governos darem satisfação à turba ensandecida, sedenta por "justiça".

E falando em sede de justiça, relembremos agora um caso mais recente, de 5 anos atrás, de "falsa justiça", em que o corpo pedagógico de uma escola em Natal foi acusado de maltratar alunos e de desviar recursos da escola. Tiveram seus rostos divulgados na imprensa, suas casas e carros foram depredados, familiares seus foram hostilizados e o diretor da escola foi brutalmente espancado, tendo sido salvo do linchamento por um vigilante que aparecera milagrosamente para salvá-lo quando ele já desistira de lutar pela vida. Após o inquérito, descobriu-se que tudo não passava de boatos espalhados por um pai que havia ficado magoado com o fato de o seu filho ter sido expulso da escola.

Hoje, cerca de 20 anos depois do caso "Mão Firme", 30 anos após a morte de Chico Pirancó e 5 anos após o ocorrido na Escola Daniel Duarte Novaes, vemos novamente um flagrante esforço das autoridades em resolver rapidamente uma situação que requer análise, investigação e rigorosa apuração, bem como a sanha popular em "linchar" os acusados baseando-se, até onde se sabe, meramente em boatos ou indícios pouco confiáveis. Pior, encontraram como os possíveis responsáveis pelos crimes praticados, os mais improváveis dos criminosos, garotos mal saídos das fraldas, cujas faltas mais graves até o momento foram (pouquíssimas) notas inferiores a 7 em suas respectivas cátedras na Universidade Federal do Rio Grande do Norte, tidos por todos que os conhecem e convivem com eles como rapazes irrepreensíveis no caráter, na correção, no respeito aos demais.

O que temos, na visão deste humilde colunista, é a repetição de uma tragédia anunciada: a acusação sem provas atendendo a interesses escusos, feitas em face da urgência em responder às vozes da rua, à pressão da opinião pública por algo que nem sei se podemos chamar de justiça, mas que talvez possamos designar como vingança. Tal qual ocorreu na história que contei há pouco, nos anos 1970, pode-se condenar falsos criminosos. Também muito me estranha o empenho de muitos em "justiçar" a morte de indivíduos que vinham ao nosso estado para cometer o mais sórdido dos crimes, a mais hedionda e reprovável das submissões, a mais predatória maneira de exploração humana, o turismo sexual praticado contra menores de idade em situação de extrema vulnerabilidade social. Nesse particular, o episódio atual muito se parece com o que testemunhamos com o fim do "Mão Firme", em que a perseguição implacável e apressada por culpados acabou por: 1 – condenar falsos culpados; 2 – intimidar os verdadeiros responsáveis pelas mortes dos assassinos (o que explica o fim das ações do "Mão Firme"); 3 – legitimar as ações criminosas de ladrões, assassinos e estupradores que voltaram a atuar sem serem incomodados.

A condenação de três dos nossos cidadãos de bem em detrimento de inúmeros exploradores sexuais de menores, envolvidos com tráfico de drogas e armas ilegais demonstra uma inversão de valores que certamente trará consequências irreversíveis para a nossa sociedade. Por fim, os três estudantes que ora enfrentam acusações terríveis contra si já foram condenados. Tiveram seus rostos, suas famílias, seus amigos, todos, irremediavelmente expostos. Suas vidas foram devassadas por imprensa e autoridades, nunca mais poderão viver suas vidas normalmente. E depois de tudo, quando vierem a ser inocentados, poderão ser alvos de vingança articulada pelas máfias que perderam alguns de seus membros em virtude, possivelmente, de disputas internas.

Espero que, depois que tudo isso passar, a polícia e as autoridades tenham a decência de, ao menos, redigir um pedido de desculpas como forma de retratação; que a perseguição a estes imorais criminosos que atravessam o oceano para praticar obscenidades contra nossas crianças não cesse, como ocorreu com o "Mão Firme"; e que a sociedade possa conscientizar-se que o linchamento real ou virtual a que estes meninos estão expostos é tão cruel quanto os mais bárbaros dos crimes que possam ser praticados à luz da sociedade.

Carlos Magno Arruda Dantas"

Durante muitos dias, todos os periódicos, portais de notícia e telejornais não se atreviam a destacar outra notícia, qualquer que fosse. A artilharia pesada dos meios de comunicação locais se voltava contra a Polícia Federal, demonstrando o quão inconsistentes eram suas acusações infundadas e dando ênfase a casos em que a PF já havia cometido equívocos graves anteriormente. Era um verdadeiro massacre, um desgaste tão grande para a instituição que, dizia-se, algumas transferências seriam inevitáveis para tentar contornar a situação. Por e-mail, espalhavam-se mensagens acusando mafiosos italianos e o aparelhamento da Polícia Federal pelo PT (que havia assumido o executivo federal um ano antes após várias tentativas) de estarem em conluio em favor do crime organizado e contra os cidadãos honestos do país, inclusive os três meninos acusados injustamente.

* * *

Dulce tinha 13 anos quando caiu na vida. Precisava botar dinheiro em casa e a situação não parecia permitir outra solução. Para ela, aquilo era muito mais um destino do qual não podia escapar, um fardo inexorável, um papel a desempenhar. Estava escrito nas estrelas que o que ela deveria ser: uma menina puta. Os sinais de que acabaria por ceder ao chamado, abraçando a profissão a que estava destinada, eram muitos, apesar de sua forte resistência. Suas amigas de infância já estavam todas vendendo o corpo para os coroas sem vergonha que vêm passar temporadas no Nordeste; a condição miserável agravada com a prisão do irmão (o pai tinha sumido havia muito tempo) e a piora na renda da mãe após perder as poucas faxinas fixas que ainda realizava pareciam empurrar a menina em direção ao abismo, acelerar sua nova condição antes que visse a mãe perder a casa e os irmãos mais novos morrerem de fome. O que era um *cabaçozinho* de nada diante da condição periclitante em que viviam?

A vida até que tinha se ajeitado depois do sumiço do pai. Até porque ele não era lá de muita valia. Tratava mal os filhos e entornava cachaça em tão grande volume que era conhecido na comunidade pela alcunha de Alambique. Trabalhava fazendo bicos na construção civil, mas não segurava nenhum serviço fixo e, no fim das contas, quem sustentava a casa era a mãe que se virava em mil para dar conta das faxinas, lavava roupa pra fora e ainda tinha que cuidar dos filhos já que o inútil do marido nunca estava em casa, mas no Bar do Gera, que ficava logo à esquina. Aliás, era ela também que tinha de dar conta das contas que ele deixava penduradas no bar. Nos últimos tempos, tinha dado para ficar mais violento com a mãe de Dulce e até com os filhos, e corria a notícia de que tinha se enrabichado por uma mulher de outro bairro, o que poderia explicar suas ausências cada vez mais prolongadas.

Não teve sua falta sentida, pois o irmão mais velho, Augusto César, tinha completado 17 anos e arrumado um trabalho ali no bairro mesmo, alguma coisa no comércio, Dulce não sabia direito, mas ficou satisfeita porque era um bom emprego, com ordenado decente, capaz de sustentar a casa. Disse à mãe que ela ia poder sair da rotina de "*piniqueira*"[2] em breve e que ia garantir que Dulce e todos os mais novos tivessem estudo. Um dia, Seu Alambique chegou em casa puxando fogo e falando suas grosserias contra todos que sua vista reconhecesse. Ordenou que a mulher fizesse seu jantar porque o homem da casa havia chegado. Augusto César saiu em defesa da mãe

2. Trabalhadora doméstica, faxineira.

e disse que o pai estava mais para "gambá da casa" de tão bêbado. Ao ser confrontado pelo seu primogênito, desferiu nele um forte tapa na cara.

Dulce nunca tinha visto um revólver de verdade. Só em foto. Quando Augusto apontou a arma pro pai e disse que ele não era mais o homem da casa e que ia sumir de lá para sempre por bem ou por mal, foi a primeira vez que avistou uma pistola dessas que aparece em filme ou novela. Não se sabe se foi por bem ou por mal, se correu com medo o se foi corrido, se está morto ou muito vivo amigado com a mulher de Cidade da Esperança, mas sabe-se que, na Vila de Ponta Negra, Alambique nunca mais botou os pés.

A vida melhorou por um tempo. Mal sabia a família que antes de algumas tempestades ocorrem prolongadas calmarias. Com o dinheiro de Augusto, que parecia ganhar mais e mais destaque na firma, dona Marluce tinha largado as faxinas e agora só cuidava da casa e dos meninos. Dulce, como já estava grandinha, uma moça, ajudava com as duas meninas e o menino. Eles não sabiam o nome do comércio em que Guga trabalhava, mas parece que ele era o chefe da segurança ou algo assim, pois andava sempre armado. Mas entendiam que ele estava ficando mais importante por lá, além de ocupado também. Tanto que deixou de aparecer em casa por uns tempos. Não faltou dinheiro, é verdade. Porque, mesmo sem passar por casa pessoalmente, sempre havia um portador, também armado, que ia ter com dona Marluce, deixava um pacote com dinheiro e perguntava se não estava faltando nada.

A vez em que viram novamente o rosto do irmão foi um dia muito triste que se abateu sobre a família. Sua foto no jornal, preso como líder do tráfico da Vila, apontado na reportagem como cruel e sanguinário bandido que desafiava a polícia e que tinha tomado conta do comércio de entorpecentes no bairro, derrotando as facções rivais. Foi bem no dia do aniversário de 19 anos de Augusto. Pelo jornal, ficaram sabendo de tantos detalhes da vida do filho mais velho de dona Marluce que nunca imaginavam. Ele que sempre era sério e discreto, até meio tímido, era descrito como um líder carismático e sedutor. Conquistava o coração de inúmeras meninas e mantinha relacionamentos com várias ao mesmo tempo. A reportagem chegava mesmo a dizer que sempre que encontrava uma namorada ou uma menina de quem gostava, cobrava um afago de maneira que lhe rendeu seu apelido: "um cheiro", ele pedia às meninas. Fora como "Cheirinho" que ele enfureceu os gerentes de todas as bocas de fumo das redondezas. Primeiro, ele conquistava as namoradas dos traficantes rivais. Quando o namorado ou marido traído ia tirar satisfação cheio de ódio, era recebido à bala. Acabou matando a todos e também os seus auxiliares mais próximos, temendo vingança. Saiu de casa e foi morar numa rua mais afastada, para não expor a mãe e irmãos ao risco de estarem próximos dele. Depois de tomar conta de todo o comércio de drogas do bairro, começou a promover benfeitorias à comunidade: botijão de gás, remédios, cestas básicas, uma gorjeta generosa para os policiais que atuavam no bairro. *Em sua gestão*, poder-se-ia dizer que a Vila de Ponta Negra experimentou uma paz como nunca se tinha experimentado. Cheirinho andava pelo bairro e era cumprimentado pelas pessoas da comunidade que exaltavam a melhoria da qualidade de vida que ele proporcionara. "Obrigado, minha comadre. Um cheiro pra você."

No dia da prisão, Dulce soube que seu destino estava traçado. Resignou-se diante do que parecia inevitável. Pelo bairro, já se comentava como havia crescido a "menina de Alambique", "irmã daquele marginal que tinha sido preso". Não raro se ouvia pelas ruas, como na peixaria em frente à outra peixaria perto da igreja, comentários do tipo: "a menina de Alambique tá crescendo. Passou por aqui toda *empinadinha*, bundinha, shortinho, os peitinho querendo sair pra fora, aposto que já teve de *boi*[3] e que tem uns pentelhinho pra gente explorar". Alguns ironizavam o fato de ela ser irmã do traficante preso, antes tão temido por todos: "Será que se eu pedir um cheiro, ela me dá?".

O nome divertia alguns clientes, pois era doce em espanhol. E ela ria, fingida, toda vez que alguém fazia menção a essa coincidência. Começou a fazer ponto num misto de bar e boate em Ponta Negra, o "La Mariposa", e tinha que prestar contas ao dono do estabelecimento, empresário de nome Rúbio, que ficava com a maior parte do apurado. Várias das meninas moravam lá mesmo, nos fundos do local, onde havia também alguns quartos para os clientes que não quisessem se deslocar até um motel. As que viviam lá tinham que pagar

3. De boi: menstruada.

uma porcentagem maior pelo aluguel. O tal do Rúbio não dava ponto sem nó. Costumava repetir para qualquer uma que tentava argumentar: "Vocês acham o quê? Que eu herdei essa porra, é?".

Dulce caiu nas graças dos gringos. Seu jeito tímido, de menina (porque, na verdade, ainda o era) parecia fazer um contraponto à personalidade forte e o jeito intenso de se expressar das ibéricas e italianas, atraindo os fregueses que vinham em sua grande maioria de Portugal, Espanha e Itália. Quando lhe perguntavam quantos anos tinha, respondia com firmeza, sustentando o olhar direto nos olhos do inquiridor: "Tenho 18". Deixava antever certa contrariedade por ser perguntada a respeito de sua idade, como se todos o fizessem e ela já estivesse de saco cheio de ter que ficar respondendo toda vez que tinha 18. A maioria se satisfazia com a resposta, mas quando algum coroa mais desconfiado ou precavido insistia, ela tirava, não sem um certo enfado e a boca torcida de desgosto, uma carteira de identidade falsa que o próprio Rúbio havia conseguido pra ela.

Rúbio era um empreendedor inquieto, podia-se dizer. Gostava de se gabar publicamente de que exercia controle total sobre seus negócios, cuidando de tudo e fiscalizando de perto cada aspecto, de maneira que ninguém tivesse a chance de lhe passar a perna. Durante o dia, coordenava a produção, delegando atividades para os seus funcionários e prestadores de serviço: manutenção, compras, limpeza. Não queria ver uma lâmpada queimada quando a noite chegasse. Também cuidava pessoalmente do financeiro, pois gostava ele mesmo de fechar o caixa e de contar o dinheiro arrecadado após cada turno de trabalho. Diziam que era sócio de outras casas além do "La Mariposa" e que também "agenciava" (como gostava de dizer) várias meninas que faziam ponto na rua. Se quisesse ganhar um inimigo, bastava usar a palavra *cafetão* para designá-lo. Ele preferia ser chamado de agente, pois conforme explicava, "suas meninas não eram putas, eram artistas". Já vindo delas, preferia um tratamento mais próximo. Pedia que lhe chamassem de pai, paizinho ou painho, pois apregoava que fazia tudo por elas, não lhes deixando faltar nada que pudesse comprometer seu bem-estar e também que as protegeria de todos os perigos como só um bom pai poderia. Quando os negócios iam bem, permitia-se um charuto cubano, umas doses de uísque e levar uma ou duas para seu apartamento. Seu chamado era bem peculiar. Cantava uma *suingueira*, estilo musical bastante popular na periferia de Natal, cuja letra dizia: "Senta aqui no colinho de papai, mamãe".

Praticava todo tipo de contravenção, de tráfico de drogas a lavagem de dinheiro de origem ilícita (dizem até que já matou e não foi uma vez só não), mas, diante da sociedade, tentava projetar a imagem de um irrepreensível homem de negócios, vendendo a clássica história do sujeito batalhador de origem humilde que muito se esforçou para conquistar o que tem e chegar onde chegou. E pode-se dizer que era perfeitamente exitoso nessa estratégia de comunicação, uma vez que participava inclusive do conselho comunitário do bairro de Ponta Negra e chegou certa vez a cogitar a candidatura a vereador, com boas chances de vencer, diga-se. Desistiu por receio de a exposição na mídia atrapalhar seus negócios ou revelar sua atuação clandestina, à margem das leis e regras sociais.

Quem o conhecia e sabia de suas atividades escusas, como o agenciamento de prostitutas, a venda de drogas em seus estabelecimentos, que também lhe rendia um bom montante, e a atividade imobiliária, na qual, segundo muitos desconfiavam, atuava como laranja de contraventores estrangeiros e possivelmente de políticos corruptos locais, ficava impressionado em como ele articulava bem suas negociações, uma vez que ninguém mexia com ele. Nenhuma fiscalização vinha bater à sua porta, nunca fora abordado pela polícia, nenhum inimigo armava uma emboscada. Nada. Nunca. Costumava dizer que era cristão e sabia de cor os princípios de compartilhar o que tinha. "Ganhar dinheiro sozinho não tem graça. Bom é dividir o que se ganha com quem tem méritos e ajudou a gente a ganhar." Esse discurso ele usava sempre que pagava algum fornecedor, funcionário, suas "filhas" ou o suborno para que os funcionários oficiais continuassem fazendo vista grossa para suas diversas atividades. Também tinha o hábito de dizer no momento em que entregava o pagamento: "Corpo de Cristo".

Uma coisa era tida como certa, Rúbio tinha as costas quentes. Alguém muito graúdo, muito poderoso, estava por trás dele e de todo o seu, digamos, "comércio". Porque, por mais que pagasse bem a quem achava que devia, a generosidade por si só não justificava tamanha paz. Para ser respeitado naquele nível, era preciso ser temido. E muito.

A imagem de boa praça que cultivava, por mais paradoxal que pareça, aumentava sua reputação de sujeito durão, pois era encarada como uma jogada cínica, uma artimanha que buscava apenas disfarçar o quão implacável ele podia ser. Havia uma camiseta com uma frase famosa que ele usava em reuniões de negociação que prometiam ser tensas: "Odeio brigar. Prefiro fazer amigos". Uma história recorrente era a de que vários homens já haviam perdido a vida após o desfecho desfavorável a Rúbio em algumas dessas reuniões. Não por ordem direta dele, mas quiçá de alguma eminência parda que ele comandava ou por obra de algum poderoso representado por ele em seus empreendimentos.

Foi na época da Copa de 2002, quando já fazia três anos que Dulce trabalhava no "La Mariposa", que Rúbio arrumou mais um parceiro de negócios. Nessa época, ela já havia se tornado o principal nome da casa. Aparentava ter bem mais do que seus 16 anos e levava à loucura os clientes internacionais, que chegavam a esperar dias por um espaço em sua agenda e, não raro, lhe propunham casamento. Seu "paizinho" não podia nem ouvir tais sandices; diante do risco de perder sua mais rentável funcionária, chegou a expulsar da casa indefinidamente fregueses que dividiram com ele a intenção de tirar Dulce desta vida. Para ela, dizia que não caísse no conto "desses gringos sem futuro", que eles acabariam arruinando sua vida e, para ajudar na argumentação e no trabalho de convencimento, vinha aumentando os rendimentos e a porcentagem dela, chegando até o limite de deixar que ela ficasse com metade do que apurasse.

Em casa, sua ascensão profissional acabara por se tornar um alento. Se no início, dona Marluce chorara por dias inteiros até secarem as lágrimas e a cara ficar inchada, com o tempo conformou-se e, em razão da falta de alternativas, terminou por aceitar, mesmo a contragosto, aquela situação que envolvera sua menina mais velha. Parecia uma coisa, uma sina que ela não podia evitar, da qual não podia escapar. O filho bandido, a filha puta, o que seria dos três mais novos? Pelo menos, agora que Dulce estava botando mais dinheiro em casa e as coisas pareciam se equilibrar, ela tinha uma justificativa para si e para Deus: a sobrevivência. Ela não tinha outra opção a não ser aceitar aquele dinheiro que a filha ganhava pecaminosamente.

Do irmão mais velho, elas tentaram esconder a todo custo, mas numa cidade desse tamanho, de que jeito? Ainda mais, com ela tendo se empregado dentro do próprio bairro onde, até havia bem pouco, ele era o chefão. Nas primeiras visitas, disseram que ela estava ajudando a mãe nas faxinas e até pegando algumas por conta própria, aumentando a renda da casa e que as crianças estavam numa creche da prefeitura. Mentira. A mãe ficava em casa com os filhos mais novos enquanto Dulce trabalhava de noite e descansava de dia. O irmão ensaiou um escândalo quando soube do trabalho no "La Mariposa", mas após muito choro por parte da mãe e da filha, justificaram que precisavam tirar dinheiro de algum canto e que ele, que as amparava, não tinha condições de ajudar estando preso. Nesse ponto da conversa, ele se sentiu até um pouco culpado pelas consequências de sua prisão. Por que tinha de ter dado bobeira no dia da prisão? Estava na cara que a polícia ia armar uma emboscada. Os policiais que ele pagava tinham sido transferidos, alguma coisa estava para acontecer. Acabou por aceitar, mas disse à irmã que, se Rúbio ou qualquer um fizesse mal a ela, viesse lhe contar ou mandasse recado por alguém. Ele saberia o que fazer. "Mesmo estando preso!", essa última parte, ele disse apertando bem os olhos e encarando a mãe.

Toda Copa do Mundo costuma ser bastante animada em Ponta Negra. Rentável para os bares que exibiam os jogos em telões e recebiam ébrios torcedores de todo o mundo, turistas de passagem por Natal. Mas a de 2002, em especial, estava sendo a melhor de todas para o "La Mariposa". Com a disputa acontecendo na Coreia e no Japão, os jogos ocorriam de madrugada ou pela manhã, fazendo com que o expediente etílico dos frequentadores começasse mais cedo, afinal, era preciso aquecer para os jogos. E também terminasse mais tarde, já que o primeiro jogo do dia era às 3h da manhã e o último às 8h. A boate passou a abrir mais cedo (das 21h para as 18h) e fechar bem mais tarde (das 6h da manhã para meio-dia). Isso significava muito mais consumo de bebidas, comida e possibilidade de as meninas prestarem seus serviços mais vezes. Durante aqueles 30 dias, o faturamento cresceu como nunca, tendo o bar/boate se tornado um point para os europeus assistirem aos jogos de suas seleções e aproveitarem o tripé de que eles tanto gostavam no Brasil: futebol, bebida e mulher.

Entre tantos frequentadores novos que chegaram ao bar na Copa de 2002, havia um italiano chamado Toto Andreazzi, investidor, como costumava identificar-se. Toto andava por Natal à procura de oportunidades de expansão dos negócios que mantinha em várias capitais nordestinas. Já atuava em Fortaleza, Maceió, Recife, Salvador e pretendia entrar também em Natal e João Pessoa. Falou para Rúbio que o volume de serviço e de clientes melhoravam bastante com o aumento da rotatividade de garotas. Os clientes fiéis apreciavam a variedade, dizia. Como ele possuía casas de prostituição de bom nível, propôs a ele que permutassem suas meninas com as dele, promovendo uma rotação que melhoraria os proventos, ele garantia. Também deu uma dica a Rúbio. Ele poderia aproveitar os imóveis dos quais era dono e fechar pacotes completos para clientes do outro lado do Atlântico. "Eles já podem vir pra cá com direito a hospedagem, bebida, companhia e até um pozinho de *pirlimpimpim*, entendeu? Você cobra por tudo, aumenta o aluguel em 500% e nem precisa ocupar espaço no seu bar, deixando livre para outros clientes. Ganha de todo lado!" E não era só isso. O *signori* Salvatore era um gênio dos negócios envolvendo mercado imobiliário, prostituição e turismo, com vasto repertório de ideias e macetes de como rentabilizar o negócio da exploração sexual, agregando diversos serviços que poderiam ser cobrados a contento. Um deles, certamente o mais ousado e de maior retorno financeiro, era uma agência de casamentos.

Rúbio resistia à ideia, pois, para ele, ver casar as meninas era como desfazer-se dos ativos da empresa.

– Se eu vivo de alugar meus produtos, por que vou vender e cortar minha renda pela raiz?

– Seu produto tem prazo de validade, *amicci*. Casa depois de uns 2, 3 anos de uso e adquire novos pra prateleira. *Io* posso lhe fornecer. Mando das minhas unidades para você. – E insistia – Na Rússia, esse é um dos maiores negócios do submundo. Nunca ouviu falar dos sites de noivas russas? Além disso, se você é o pai delas como diz que é, merece receber um bom dote pelo casamento, *vero*? – Dizia isso e caía na risada.

Rúbio permanecia sério, pensativo, analisando prós e contras, mas, ainda assim, duvidando da eficácia da empreitada. As demais sugestões de Salvatore, que as meninas chamavam de "Seu Totó", no entanto começaram a se mostrar de ótima rentabilidade para a casa. A chegada constante de novas prestadoras de serviço animaram a clientela, não só atraindo novos fregueses, como também aumentando ainda mais a frequência dos fiéis usufrutuários. As vendas casadas de pacotes completos (aluguéis de imóveis mobiliados com direito a "acompanhantes") para europeus também gerou um excelente incremento no faturamento. Os negócios, que já iam bem, melhoraram ainda mais, até que o italiano fez a oferta de comprar metade da empresa de Rúbio por um ótimo preço. O brasileiro ficou tentado, mas revelou ao parceiro comercial que havia um sócio oculto no negócio e que ele não poderia fechar qualquer acordo sem falar com esta parte interessada. Se fosse da vontade dele, inclusive, poderia marcar um jantar dos três para que pudessem tratar de negociar ou não 50% do "La Mariposa".

Enquanto não ocorria o tal jantar com a parte interessada, seu Totó ia se tornando cada vez mais íntimo do "La Mariposa". Já conhecia muito bem, por assim dizer, todas as moças que atuavam na casa. Viajava constantemente para verificar como andavam as outras casas das quais era sócio nas demais capitais nordestinas. Porém, suas escalas em Natal demoravam mais tempo a cada nova vinda. A capital potiguar logo passou a ser sua menina dos olhos, como sói ocorrer com tanta gente que por lá aportou desde sempre. Quantos não foram, em todo o transcorrer da história, aqueles que vieram de férias ou a trabalho, para passar uns dias ou uma temporada, que fixaram residência posteriormente na cidade? Com o gringo, parecia que o padrão se repetiria. Nas suas estadias prolongadas, nas quais buscava aproveitar ao máximo, logo caiu nos encantos também de uma filha de Natal. Dulce passou a ser o xodó de Salvatore, como já o era de tantos clientes do estabelecimento. Sempre, após passar a noite com ela, ligava para Rúbio, reforçando que ele tinha um diamante nas mãos: "É uma joia, Rúbio! Uma joia!".

O outro ouvia feliz com o poder de sedução da estrela da casa, que ele próprio havia descoberto por acaso. Certa vez, descendo de carro a Ladeira do Sol numa madrugada no meio da semana, viu uma menina parada na calçada, "batendo ponto", carinha de anjo, mas com um diadema de chifrinhos vermelhos a denunciar suas intenções nada celestiais. O homem ficou curioso e resolveu fazer uma desinteressada "degustação": parou o veículo, ligou o pisca-alerta e apanhou a menina. Partiram para um motel próximo e já no caminho, Rúbio foi perguntando detalhes sobre o trabalho dela, a rotina, quanto cobrava, essas coisas. As respostas vinham com desembaraço e naturalidade. Podia-se ler alguns traços de inocência em sua voz, mas também certa segurança de quem sabia o porquê de estar fazendo aquilo. A empatia foi instantânea. Silenciosamente, já foi pensando em fazer-lhe uma proposta de emprego caso gostasse do programa. Nem mesmo quando Dulce anunciou uma condição bem particular, Rúbio desanimou: "Tem só uma coisa. Tem que ser por trás. Pela frente, eu não faço porque eu sou virgem". O corpulento empresário caiu na risada, mas aceitou.

Sabe-se que ele não se arrependeu, pois o convite foi feito ali mesmo no quarto, antes mesmo de se vestirem. Ele, ainda ofegante e extasiado com o "talento inato para o amor", como gostava de definir as artimanhas de Dulce, explicou à garota todas as vantagens de ir trabalhar pra ele. Ia ganhar bem mais do que a mixaria que estava cobrando, teria proteção integral da equipe de seguranças que ele mantinha, um teto para trabalhar, sem ter que correr riscos desnecessários na rua. Enfim, estabilidade e melhores condições para sustentar sua casa. Os olhos dela brilharam de felicidade. Não só disse sim como perguntou diversas vezes se aquela proposta era verdadeira ou alguma brincadeira. Ele disse que era "pra valer", que era "cabra de peia" e que ela poderia ir conhecer o "La Mariposa" já na noite seguinte para acertarem tudo. "Tem só uma coisa. Se você quiser mesmo, a gente repete a dose lá amanhã, mas tem que ser pela frente. Se você quiser trabalhar pra mim, amanhã você entra, mas não sai mais virgem."

Quando dizia que as meninas eram como filhas para ele, obviamente que o cafetão estava mentindo, mas no caso de Dulce havia, sim, um carinho especial. Tanto que, tempos depois, quando cedeu à insistente argumentação de Salvatore e "botou pra jogo", segundo suas palavras, uma das meninas, oferecendo sua mão em casamento para um pretendente amigo de Totó, velho cliente da Itália que queria casar com uma brasileira a todo custo, Rúbio colocou à disposição todas as meninas do "La Mariposa", menos uma. A justificativa era sempre a mesma, exata, pragmática, objetiva: o retorno pecuniário proporcionado por ela. Detalhava que o encanto que ela exercia nos fregueses permitia que cobrasse muito mais caro por um programa com ela, fazendo com que a partida da menina representasse um enorme prejuízo, tornando-se péssimo para os negócios. No íntimo, porém, ele sabia que aquela não era a verdadeira razão. A realidade era que ele tinha um apreço especial e inexplicável por ela. Gostava e pronto. Não sabia por que, preferindo negar, inclusive para si mesmo. Salvatore percebia e dizia sempre para Rúbio à guisa de conselho: "Desapega, Rúbio. Desapega! Um diamante, depois de descoberto tem que sair da mina. Se você casa essa menina com um pretendente endinheirado, vai ficar tão rico que não vai ter mais onde enfiar dinheiro, amigo!". Mas ele não queria ouvir. Seguira todos os conselhos de Totó, mas aquela era a última fronteira, o limite que ele não estava disposto a cruzar, a linha que não iria ultrapassar.

Um dia, Rúbio recebeu o sinal verde. Seu sócio oculto aceitara receber Salvatore para um jantar a três. A intenção era ouvir a oferta do gringo pelos 50% do "La Mariposa" e também pela metade do faturamento da operação inteira. Os valores conversados inicialmente, inclusive, haviam subido de valor substancialmente, mesmo já sendo altos no início das conversas. Os constantes recados do italiano para o sócio oculto levados por Rúbio, sempre acrescendo de alguns bons Reais a cada nova mensagem, amoleceram o coração do discreto senhor. O encontro seria num apartamento na Via Costeira e as suspeitas de muitos se confirmaram. O homem misterioso era político com cargo eletivo no legislativo federal, além de presidente de um partido em nível estadual. Como no ano seguinte haveria eleições, estávamos em 2003, era preciso fazer caixa, juntar uma boa quantia de dinheiro sem deixar rastros. E a possibilidade de receber um substancial valor daquele que, sem saber, já ganhara o apelido de "Salvatore da Pátria" se configurava como o cenário ideal para uma figura pública com votos a comprar, incluindo aí muitos prefeitos no interior, um na capital e dezenas de vereadores aqui, ali e alhures.

O cenário não poderia ser mais favorável a um napolitano que uma mesa de jantar diante de comensais que precisaria conquistar ou seduzir com sua lábia de fala musical e gestos expansivos. Nas culturas humanas, assim como no reino animal, existem os *habitats* naturais de cada grupo. Se os brasileiros se sentem à vontade em uma festa, os argentinos são ases diante de uma churrasqueira e os ingleses conferem aos pubs status de templos religiosos, é natural deduzirmos que posicionado frente a uma massa acompanhada de um bom vinho, um cidadão da Velha Bota estará tão desenvolto que, certamente, dominará as ações. E assim foi naquela noite: antes do fim da primeira garrafa de vinho, o acordo entre os três já estava selado. "Prego batido e ponta virada!", como vaticinou o nobre deputado, tornando o restante da noite em mera formalidade (ou "mera informalidade", como declarou Rúbio para gargalhadas efusivas dos comensais). Contribuiu para o desfecho rápido e positivo, satisfatório para todas partes, não só o charme latino do comprador, mas também a confirmação da verdadeira fortuna que o proponente estava disposto a desembolsar à vista pela participação societária. E nem por isso a noite foi curta. Salvatore levara garrafas de "Vale Culpa", vinho de sabor agradabilíssimo, de paladar suave, que todos tomaram com muito prazer, intuindo que o teor alcoólico fosse baixo. Quando precisou levantar-se para ir ao banheiro, no entanto, a "Vossa Excelência" precisou amparar-se na mesa e perguntou: "Qual o tamanho da cipoada desse vinho, meu amigo?". "*Este vino es* um canhão. Teor alcoólico alto, de uns 58%."

As conversas seguiram acerca de colaborações bilaterais entre os dois países, turismo em Veneza, Roma e compras em Milão, o time do Napoli do fim dos anos 1980 e, como não poderia deixar de ser, sempre voltava aos empreendimentos de lazer, especialidade de Totó, investidor nato do setor, que aproveitava para discorrer sobre truques e estratégias que utilizava para rentabilizar os negócios. Inclusive, anunciou que havia a possibilidade de comprar o concorrente "Terra da Fantasia", mas que ele só o faria se os sócios concordassem, pois precisaria de gente de confiança para operar o negócio. A reação ante tal possibilidade não poderia ter sido mais entusiasmada.

A certa altura, o sócio oculto quis saber como o italiano amealhou sua fortuna, se foi empreendendo aos poucos e fazendo o patrimônio crescer. Ele sorriu e disse: "Digamos que Rúbio não era o único a ter um sócio tímido". E que compreendia muito bem os meandros da política. "Io tenho um mecenas que se empolga com o que faço. Tenho contribuído bastante com sua careira, a Itália, a União Europeia e o Calcio têm muito a me agradecer". "Nããããão!", disseram os dois parceiros incrédulos, pois souberam imediatamente de quem se tratava, um empresário e político italiano, dono de time na série A, que estava no topo do poder. Diante dos olhares estupefatos, Salvatore sustentou o olhar e confirmou a informação com seu melhor sorriso.

Aquele fato novo explicava muita coisa. Estavam diante de um peixe grande, responsável por arranjar muito dinheiro "informal" para injetar em campanhas políticas do velho continente. O sul da Itália, como se comentava, era terreno fértil para o populismo e a compra de votos, de onde o "mecenas" em questão conseguia grande parcela de eleitores para suas expressivas votações nacionais. E Nápoles, de onde vinha Salvatore, ficava justamente na parte de baixo da Bota. Expandir os negócios no Brasil, ainda mais adquirindo um empreendimento saudável e promissor como o "La Mariposa", era parte de uma tática vencedora que aquele carismático Midas da contravenção vinha promovendo havia anos.

Para evitar desconfianças diante das revelações que acabaram de vir à tona, Totó tratou de dizer: "Gostaria que os senhores soubessem que todos os nossos sócios estão satisfeitos com as parcerias. Não temos a intenção de ganhar dinheiro sozinhos. Quem estiver com a gente, ganha junto. Eu utilizo meus conhecimentos para otimizar os investimentos, cortar custos, aumentar as receitas e transformar bons negócios em excelentes. Os resultados que vocês já obtiveram das ações que implementamos no decorrer do ano comprovam o que estou dizendo. Temos muito a ganhar juntos, senhores. Tim-tim!", e fez menção de brindar com sua taça, logo acompanhado pelos outros dois.

O nível de empolgação com os acertos ali engendrados ia longe. Logo, o parlamentar percebeu que estava diante de uma grande oportunidade, uma mina de ouro que falava e dava dicas de como ganhar dinheiro para utilizar em campanhas. Era preciso aproveitar. Além do montante que arrecadaria com a venda dos 50% da operação, o que poderia ser feito para que, dali até o pleito eleitoral de 2004, eles acumulassem o máximo de capital, revertendo o apurado para a campanha que se avizinhava? "Tem uma maneira." Respondeu à indagação. "Singnori Rúbio já começou, sabiamente, a promover casamentos entre suas funcionárias e interessados estrangeiros, segundo conselhos que dei. Um negócio muito compensador, muito mesmo. Pois bem, existe uma menina no 'La Mariposa', que, sozinha, ela vale uma montanha de dinheiro. E Io tenho um amigo, empresário que vendeu sua empresa, que separou agora da segunda mulher, que está interessado em uma noiva brasileira. Pelo que conheço dele, vai pagar quanto vocês pedirem pra casar com a moça." "Não precisa nem dizer de novo. Se for uma montanha de dinheiro mesmo, aceito na hora. Como é o nome da felizarda?" "A bambina tem o mais doce dos nomes: Dulce." Disse isso e olhou de relance para Rúbio, sorrindo discretamente com um dos cantos da boca. O outro não disse nada, até porque engasgou com o espaguete ao *gamberi* e terminou por derrubar a taça, tingindo a toalha de linho branco de tinto, lembrando o sangue que devia estar circulando acelerado por suas artérias, bombeadas com força e avidez pelo coração que, metaforicamente, sangrava um pouco com os desdobramentos daquele diálogo.

A cerimônia foi discreta, apesar de bonita. A mãe era a mais aliviada com o destino da filha. Casaria com um homem bem de vida, estrangeiro, moraria no exterior, longe do Brasil, de todos os problemas daqui, de toda essa vida aperreada, difícil. Ia ter filhos estrangeiros, galeguinhos, dos olhos claros, tomara que puxassem ao pai fisicamente, mas que tivessem a índole da filha, um anjo que precisou fazer escolhas difíceis para o bem dos irmãos mais novos.

O senhor Giuseppe já passara dos 65, tinha filhos mais velhos até que os pais de Dulce, mostrou-se sempre frio com ela, apesar de ter gostado bastante da moça. "Era o jeito do povo de lá", ela repetia para si mesma. O importante era que ela teria um futuro melhor, sem precisar trabalhar mais naquela vida, podendo enviar dinheiro para a mãe e os irmãos, talvez até levasse um para morar e estudar na Itália. Teria filhos estrangeiros, tinha tirado a sorte grande, como dizia sua mãe: "Você ganhou na Loto, minha filha! Seja feliz!". Quando entrou na nave da igreja da Vila de Ponta Negra, ao som da marcha nupcial, nas presenças da mãe, dos irmãos, de Rúbio, Salvatore e todas as colegas do "La Mariposa", ela chorava e sorria ao mesmo tempo, como num dia ensolarado em que teima chover. A maquiagem borrava com a cachoeira que derramavam seus olhos, mas sorria, pensando no futuro melhor que aquele sacrifício proporcionaria para aqueles que dependiam dela. O noivo, "Pepe", como Salvatore chamava o amigo, mantinha-se sério no altar, enquanto esperava, mas sorriu minimamente quando a noiva chegou e caminhou em sua direção.

Quem resistiu bastante à notícia do iminente casamento foi o irmão mais velho. Ela tinha feito questão de ir contar pessoalmente em Alcaçuz, temendo pela reação. Sabia que ele poderia não gostar do fato de estar casando com um gringo frequentador de puteiros. Certamente, iria gritar com ela, fazer um escândalo, quebrar tudo que estivesse ao seu alcance, dar murros na parede, mas era sua obrigação ir dizer a ele que se casaria, que sairia da vida, que poderia ajudar ainda mais a mãe e os irmãos mais novos. De fato, o mais velho não gostara da notícia, mas não teve um acesso de ódio como esperado. Em vez disso, sentou-se e chorou. Imaginava desde muito tempo antes que aquele acabaria sendo o destino inevitável da irmãzinha. Muitas eram as histórias de gringos que se apaixonavam por prostitutas locais e acabavam casando com elas. Algumas acabavam mal. Outras, porém, levavam uma vida feliz, satisfatória, nunca plena, sempre à sombra do outro, dependentes de tudo, mas estavam contentes assim. O lamento dele, a razão do seu choro, era por estar ali, preso aquele tempo todo, incapaz de intervir, de ter sustentado a família e evitado que Dulce tivesse caído naquelas sucessivas armadilhas. Queria que ela tivesse estudado, que escolhesse uma profissão, uma vida digna e honesta, diferente dele, longe do submundo, da rotina noturna e da prostituição. Sentia-se não só contrariado, mas culpado por tudo que acontecera. O pranto de Dulce ao ouvir os primeiros acordes da marcha nupcial era também o do irmão encarcerado, por ele não estar ali com ela, por ter um pressentimento qualquer de que as coisas pudessem não ser como imaginava, pelas últimas palavras que ele dissera a ela quando de sua visita: "Se esse seu marido lhe machucar, fizer qualquer coisa com você, eu vou atrás dele...", decretou. E depois, despediu-se com sua marca registrada: "...um cheiro!".

Outro que ficou contrariado com o evento foi Rúbio. Chegaram a ver uma lágrima escorrendo furtiva em sua face. Algumas meninas ficaram impressionadas, pois nunca o haviam visto demonstrar nada que denotasse alguma sensibilidade. Ele tentou como pôde evitar aquele desfecho. Apelou para o deputado, explicando que ao "vender" Dulce, estavam abrindo mão de muito dinheiro a longo prazo, que ela era a funcionária mais lucrativa da casa e outros inúmeros argumentos que não fizeram mais do que enfadar o sócio. "Não se financia campanha a longo prazo, meu caro. Eu preciso e quero esse dinheiro agora!" Prego batido, ponta virada.

Quando saiu do "La Mariposa", Dulce já não era mais problema de Rúbio, mas continuou mandando notícias ao padrinho torto: postais da Itália, e-mails que davam conta de sua rotina e da gravidez que não tardou a vir. A mãe também ficou exultante. Seria o primeiro neto dela. Dizem que havia um filho do mais velho por aí, mas ela não sabia se era verdade. Com dona Marluce, Dulce se comunicava à moda antiga, escrevendo cartas que ela lia com dificuldade, às vezes pedindo ajuda aos filhos que já estavam bem crescidos. Ler sabia, mas quando era muito comprida a carta, dava dor de cabeça, então precisava que alguém lesse pra ela. As partes das mensagens que ela mais gostava era quando a filha manifestava o desejo de ela atravessar o oceano com os irmãos, passar um tempo com ela, conhecer o estrangeiro. Dizia que era uma questão de tempo até ela convencer o marido, que ele estava quase cedendo, que por enquanto não permitira que ela voltasse a Natal, mesmo um ano depois de casados, 12 meses depois de terem viajado para passar a lua de mel na Itália e não ter mais voltado. Era porque o marido a amava demais e não aguentava a ideia de vê-la longe mesmo que por pouco tempo. O que não dizia nas cartas era que aquele amor todo tinha outro nome: "ciúme doentio", que ele não queria que a família dela fosse para a Itália para não ter que dividir com eles a atenção da mulher, que não deixava Dulce vir ao Brasil por medo de ela não voltar mais pra Nápoles, que batia nela quando lhe dava na cabeça ou quando tomava uns vinhos a mais, obrigando-a a repetir a sina da mãe, que também era maltratada por Alambique de nada saudosa memória.

Um dia, as notícias cessaram. Nada mais de e-mails ou de cartas, nenhuma novidade do lado de lá do Atlântico. Dona Marluce foi procurar Rúbio, alegando que não recebia notícias nem dinheiro de Dulce já fazia mais de dois meses. Como Salvatore estava na cidade e no escritório, aproveitou para também perguntar se ele sabia de algo. De fato, estranhou não receber e-mails havia dois meses, mas achou normal, pensando que ela, por fim, tinha se adaptado à nova vida. Entretanto, não mandar notícias para a mãe, muito menos dinheiro, era sim motivo para preocupação. Salvatore, porém, fez questão de tranquilizar a mulher, dizendo que ontem mesmo havia falado com o amigo na Itália, que estava tudo bem e que, se ela não mandava notícias ultimamente, era porque andava dedicada ao pré-natal. Ofereceu algum dinheiro ali mesmo, na hora, pra ajudar com as despesas de casa. A senhora recusou e fez um escândalo, acusando o homem de estar escondendo alguma coisa dela. Disse que ia descobrir o que era, que ia contar pro irmão mais velho de Dulce, que ia atrás da filha nem que tivesse que bater lá na Itália. Deu seu recado e saiu. Rúbio olhou para Salvatore, inquisidor. "O que foi? *Io non* sei de nada! *Vero!*"

Um dia, chegou um postal, com a foto de uma praia qualquer. Na mensagem, dizia apenas "Socorro". O desespero foi grande. Levou o postal para o irmão, na prisão. Ele tinha que fazer alguma coisa. Inconformado, ele disse que fugiria da cadeia e daria um jeito de ir pra Itália, atrás da irmã. "Dou um jeito, mainha! Dou um jeito, mainha!" O coração da matriarca só faltava sair pela boca, acelerado por demais, naqueles dias difíceis. Mas como notícia ruim sempre chega e, no caso daquela família, parecia sempre chegar pelos meios de comunicação, o mesmo jornal que anunciara a prisão do mais velho, agora noticiava a prisão na Itália do mafioso Pepe Zanardi, que era acusado inclusive de matar sua esposa grávida, a brasileira Maria Dulce da Silva Zanardi que, segundo testemunhas, vinha sendo mantida em cárcere privado havia muitos meses. O mundo caiu para dona Marluce. Na prisão, o irmão mais velho ficou inconsolável. Passou a alimentar um pensamento fixo: vingança! Mas contra quem? Se o assassino estava preso na Itália? Ele sabia que aquele não era o único culpado. Todos para quem sua irmã trabalhou eram cúmplices. E os que estavam por trás deles também.

No entanto, para seu extremo azar, justamente quando armava os planos de fuga, o governo colocou em prática um plano de repressão às fugas de presos, o que acabou com suas pretensões imediatas. Em todos os dias de visita, a mãe ia vê-lo, basicamente para chorar a perda sofrida por ambos, a mais dolorosa falta que pode se abater sobre uma família. O filho criminoso sofria, mas não desanimava. Fazia de sua prostração o combustível para um dia dar o troco. "Vou dar meu jeito, mainha. Vou dar meu jeito. Isso não vai ficar assim... um cheiro!"

* * *

"Um juiz deve cumprir com seu dever, sempre agindo à luz da Constituição, segundo determinam as leis do país. Não é de sua alçada, tampouco lhe compete, atender ao clamor popular referente a qualquer que seja o tema em questão, contrariando a legislação vigente no território brasileiro." Declarou o magistrado responsável pelo caso para, logo em seguida, aceitar o pedido de habeas corpus do advogado de defesa dos rapazes, permitindo que eles respondessem ao processo em liberdade e saíssem de Alcaçuz naquele mesmo dia. Tal decisão, no entanto, contrariava a lei e, paradoxalmente ao que defendeu o doutor, atendia sim ao clamor da população que, inflamada pela mídia, exigia a liberdade dos "pobres e inocentes meninos" que estavam servindo de bodes expiatórios para que algum bandido de alta periculosidade seguisse solto num esquema de manipulação que atendia à vontade de alguém muito mal intencionado.

O certo era que o judiciário fora mais "sensível" à condição "especial" dos garotos que a Polícia Federal. Condenar três jovens de classe média alta em Natal, para eles era como mandar um semelhante para a forca, cortar da própria carne. Foi fácil alegar falta de provas na redação da sentença, bem como mostrar evidências de que eles não eram responsáveis pelos assassinatos. Foi preciso ignorar alguns fatos descritos nos autos do processo, considerá-los irrelevantes, dispensáveis, de maneira que o resultado esperado fosse a liberdade dos garotos.

Entre a prisão em flagrante dos estudantes e a soltura para que respondessem em liberdade, passaram-se dois meses. Foram exatos 60 dias de reclusão. O processo todo, aliás, foi muito rápido. Presos em 2004, os jovens já haviam sido julgados e absolvidos pouco mais de um ano depois, num caso que foi acompanhado de perto pela imprensa e por toda a população. Inúmeras homenagens e manifestações públicas de solidariedade tiveram lugar pela cidade. O desfecho positivo foi motivo de grande comoção com direito a uma entrevista coletiva festiva e emocionada em que os ex-réus agradeceram o apoio de todos que se voltaram contra as injustiças das quais foram vítimas, afirmando que sem o apoio da opinião pública, possivelmente ainda se encontrariam encarcerados. Quando um dos repórteres perguntou se eles processariam a União pelo erro imperdoável cometido contra eles, o mais velho foi enfático: "Com certeza!".

No tempo em que passaram encarcerados, os estudantes conviveram com alguns dos piores criminosos do RN. Os relatos do período em que estiveram em Alcaçuz feitos pelos agentes penitenciários e guardas do presídio eram surpreendentes. Os garotos andavam livremente entre a bandidagem. Nos momentos de recreação ou banho de sol, eram sempre vistos em conversas com os demais detentos, inclusive com alguns de vasto currículo criminal. Era notável, inclusive, a aproximação que os presos vinham tendo com o líder do tráfico que atuava também como chefão no presídio, Augusto da Silva, conhecido como "Cheirinho". O meliante, sempre taciturno, com cara de poucos amigos, demonstrava especial disposição quando na presença dos três rapazes, até mesmo sorrindo bastante e fazendo brincadeiras com eles. Não era o comum. Outros detentos jovens que chegavam a Alcaçuz costumavam sofrer bastante nas mãos dos mais velhos e, quanto melhores fossem suas condições sociais, mais eram importunados pelos novos colegas, alguns até o limite do suportável, sendo vítimas de intimidações, perseguição sistemática, violências frequentes e até abusos sexuais. Aparentemente, não fora o caso dos universitários. Um agente certa vez comentou a respeito de uma reunião ocorrida na cela deles, quando ainda eram novatos, na qual os próprios funcionários temeram pelo que poderia ser o desfecho do encontro. Entretanto, ao que tudo indicava, o que ocorrera lá fora apenas uma conversa mesmo. Longa, é bom que se diga. Mas não passou disso mesmo: um papo sobre assuntos que até hoje eram secretos aos ouvidos dos que trabalham no presídio. Pena que a conversa tenha ocorrido pouco antes da implantação de câmeras e escutas clandestinas nas celas da prisão, parte das medidas que vinham sendo implantadas como prevenção a fugas. Desde que a política de maior vigilância, com o aumento do efetivo e um rigor extremo na revista de tudo que entrava, a prática de evasão de presos cessara completamente. Desde 2004, pelo menos, ninguém conseguia fugir do local.

A notícia da absolvição dos jovens, exatamente no aniversário de sua soltura, quando ganharam o direito de responder ao processo em liberdade, tinha tudo para ser a manchete principal dos jornais e portais da cidade; também mereceria ser o grande destaque nos noticiários televisivos e assunto central nas redes sociais, mas acabou ofuscada por outra notícia de enorme impacto. O assassinato de um deputado Federal em circunstâncias inexplicáveis. Fora degolado com um objeto perfurante ainda não identificado pela perícia. Junto com o corpo, apenas um bilhete que dizia: "Um cheiro".

A CIDADE MORTA

“Natal, setembro de 2009”, podia se ler pouco acima da assinatura.

A carta da sua prima não poderia ser mais desanimadora. “Por aqui, tudo na mesma. Nada de novo. Natal é uma cidade muito morta, você sabe.” Alex, ou soldado De Souza, leu e ficou pensativo por um instante. Pensou numa frase feita, um lugar comum, aquela história de só se dar valor a uma coisa depois que a gente perde. Sua prima havia dito na carta que “queria estar no lugar dele, conhecendo o mundo, vivendo aventuras como viajar pro Haiti e trabalhar como soldado de paz da ONU (Que orgulho!). E o Haiti é muito Caribe, sabe? Muito música do Caetano. Com certeza estava sendo uma experiência e tanto”.

Ah, se ela soubesse que ele trocaria toda aquela “experiência e tanto” por um fim de semana em Natal, uma caída no mar em Ponta Negra com sua prancha Radical, uma reunião em família na casa de veraneio da avó, na praia de Zumbi, em noite de lua cheia com todo mundo junto na varanda.

A verdade é que a sensação de adrenalina, o espírito de aventura e o friozinho na barriga de emoção que costumava sentir no início, assim que desembarcou em Porto Príncipe, nas primeiras missões externas, o acompanharam por algum tempo, mas logo se esvaíram. Dispersaram-se em meio a uma infinidade de protocolos militares e burocracias oficiais que faziam sua rotina ser mais monótona que a da cidade interiorana de sua família materna, onde a única diversão era levar as cadeiras para as calçadas com a urgência de quem assiste um *reality show* de rostos conhecidos.

Outra coisa que o deprimia na capital haitiana era a miséria. Não era uma miséria envergonhada, disfarçada, escondida e acanhada como em Natal. Lá não havia prédios luxuosos tapando o morro de Mãe Luíza. Era uma pobreza orgulhosa da sua extrema carência, extravagante, exibicionista até, com urgência de se mostrar, de exigir um olhar, de impedir qualquer indício de indiferença. Tanto sofrimento e falta de perspectiva na vida daquelas pessoas se tornavam tão opressores que, por mais que permanecesse mil anos por ali, jamais se acostumaria.

Sua sorte grande era que se avizinhava a hora de partir. Ele relia a carta da prima, recebida havia dois meses, e que funcionava como um talismã, uma distração, um consolo, um recurso para os piores momentos, ícone de toda a esperança que ele tinha de sair dali um dia, símbolo dos prazeres que encontraria na volta pra casa, da ambição acalentada desde a puberdade de comer a prima, de persuadi-la a deitar-se com ele, de penetrá-la na mesma cama onde passaram tantas tardes conversando sobre a vida, sobre sua falta de opções para o futuro e a vontade dela de sair daquele inferno de cidade, cheia de pessoas fúteis, provincianas, de cabeça pequena. Ele ouvia suas lamentações, mas muitas vezes estava concentrado no contorno dos seios que a blusinha justa permitia vislumbrar. Ficava mirando a proeminência dos biquinhos firmes que tanto se esforçavam em perfurar a malha. Imaginava-se lambendo os mamilos e ir descendo, descendo, até que chegasse à...

– E você?

– Hã?!

– E você? Não pensa em sair de Natal, esse cu do Brasil?

Ele não sabia. Não sabia o que faria de sua vida. Não sabia se faria vestibular para Engenharia Mecânica ou se tentaria o Exército. Na verdade, nesses momentos em que ficava tão junto da prima, só lhe restavam duas certezas: estava apaixonado por ela e seu pau parecia querer explodir.

O freio do caminhão resgatou-lhe de seus devaneios e o trouxe de volta ao presente centro-americano. Ele que viajava olhando fixamente a carta da prima, guardou os papéis num bolso e desceu com o resto do pelotão. "Lembrando da namorada? Daqui a uns dias, você vai estar lá de novo e ela vai cavalgar sobre você!", disse o Carioca e gargalhou. Pensou em reprimir a falta de respeito do companheiro para com o objeto de seu afeto, mas logo a imagem da prima cavalgando sobre ele, gritando palavras obscenas surgiram na mente, aplacando qualquer reação firme e provocando um sorriso satisfeito. Chegou mesmo a ficar grato ao colega de tropa por proporcionar visão tão alentadora.

E mais feliz ainda ao ser recordado novamente que dentro de pouco mais de um dia chegaria a Natal. Seu trabalho no Haiti haveria terminado. Ele dormiria aquela noite, despertaria na manhã seguinte para arrumar suas coisas, se despedir dos amigos e partir. Após dois anos de trabalho duro, tensão permanente e toda a estupidez inerente à vida militar, voltaria para casa. Mas antes, o Carioca tinha uma proposta:

– Você não pode ir embora do Haiti sem uma despedida.

– Hômi, me deixe quieto!

– É sério! Uma parada diferente. Um ritual típico local. Uma cerimônia vudu.

– *Afe* Maria! Você tá ficando é doido!

– Vâmu lá, rapá! Sacar um pouco da cultura local. Passou dois anos só indo do quartel pra rua, da rua pro quartel. Não viu porra nenhuma! Pelo menos na última noite, poderia ver umas paradas novas.

– E vudu lá é cultura, hômi de Deus!

– Cara, 90% dos haitianos são católicos, mas 110% são vudus. Se isso não for a cultura do país, não sei mais o que é.

– Quem vai?

– Eu, você e o Edu. O François vai dar um bonde pra gente.

– Tá bom. Depois do jantar já vou estar de folga. Aí a gente vai.

– Ah, *mulheque*! É assim que se fala, meu *quiriado*! Formou, então. E hoje, maluco, vai ter um ritual ali que é Copa do Mundo, tá sabendo. Eles vão ressucitar um figura que já morreu. Vão transformar o presunto em zumbi.

– Ai, meu Deus! Dá pra desistir ainda?

– Ah, não vai peidar não, vacilão! Deu a palavra, então já era.

Os três recrutas saíram da base um pouco depois das 8. Seguiram de carona com o François, intérprete da ONU, que havia se tornado amigo do Carioca e aceitou ciceroneá-los num ambiente que raramente recebia estrangeiros. Eles iriam testemunhar um ritual de magia negra realizado por um dos principais bokors (feiticeiro vudu) do país. Ele traria de volta à vida um jovem trabalhador rural morto há menos de 24 horas. François explicava em português algumas peculiaridades sobre as crenças do país. “Posso assegurar aos senhores que o que veremos esta noite não tem nada a ver com superstição nem com qualquer cerimonial religioso ou tradições populares. É uma prática real, demoníaca, mas real. E, no Haiti, práticas como esta são mais frequentes do que se possa imaginar.” Um suspiro de hesitação foi ouvido vindo do banco de trás do automóvel. O Carioca riu excitado.

O local do ritual ficava numa zona remota de Porto Príncipe, num bairro ainda mais pobre que as zonas centrais da capital. O “templo”, uma espécie de quintal de uma casa paupérrima, estava cheio de expectadores com olhos tão atentos ao sacerdote (bokor) que nem se deram conta da presença estrangeira a observar tudo ali. No centro do terreno, uma mesa comprida. Fogueiras e batuques remetiam a velhos rituais de origem africana, como pode ser ouvido nos terreiros de macumba brasileiros. De repente, ao som de batidas cadenciadas, entraram quatro homens fortes carregando uma maca com um corpo coberto por um lençol. Eles o depositaram na mesa central e retiraram o lençol. Lá estava um homem sem vida, não restava dúvida.

O bokor se aproximou do cadáver e começou a dizer palavras supostamente mágicas em um idioma indecifrável, num transe convincente. "É a língua dos mortos.", disse o guia do grupo. Após proferir solenemente as palavras, o feiticeiro abriu um frasco e jogou um líquido, algo como uma poção mágica no defunto. Depois disso, fez-se silêncio absoluto. Ele, o público, os tambores e o vento. Nada se atrevia a manifestar-se. Todos prendiam a respiração. Poderia ser ouvida a queda de um lenço na areia. O bokor retirou de um dos bolsos um saco e derramou sobre a palma da mão seu conteúdo, um pó branco amarelado. O Carioca cochichou com os amigos sorrindo: "Vambora que é antraz." O feiticeiro fechou a mão e ficou esperando algo. O morto permanecia, obviamente, imóvel.

De repente, gritos, choros, interjeições de espanto das mais variadas. O homem, deitado na mesa, levantou-se. Os três soldados brasileiros empalideceram. "O que é isso, maluco?", gritou o Carioca. O feiticeiro começou a entoar um cântico, novamente em transe e se preparava para jogar o pó no ex-morto quando foi mordido no pulso por ele. As muitas testemunhas estarrecidas entraram em pânico. Muita correria e barulho. Tumulto. Pela reação dos haitianos, não foi difícil concluir que algo não havia saído como esperado.

Os homens fortes que trouxeram o cadáver se precipitaram em sua direção, armados com espingardas e atiraram na cabeça. O ex-morto estava novamente 100% morto. Ouvia-se ao longe os berros do feiticeiro. "*Tuer moi! Tuer moi!*", que significa "Mate-me" em francês. No empurra-empurra, Alex foi parar no meio do terreiro. Viu de longe o guia e seus dois colegas se juntarem para fugir dali. Eles olhavam desesperados em volta, à sua procura. Um pavor quase de morte o assaltou ao ser seguro pelas calças. Olhou pra baixo e viu ninguém menos que o bokor de joelhos implorando: "Mate-me! Mate-me!" Disse isso, revirou os olhos e caiu para trás. Alex olhou em direção dos amigos e se preparou para correr quando sentiu uma dor dilacerante no antebraço esquerdo. O bruxo o havia mordido. Deu um soco no bizarro personagem, desvencilhou-se dele e disparou ao encontro dos companheiros. "Onde você tava, maluco! Vambora daqui! Tá sinistro! A chapa esquentou de vez! Ih, ó lá! Tão matando o macumbeiro!" Os homens negros e parrudos davam tiros na cabeça do sacerdote que havia bem pouco tempo comandava a cerimônia.

Quando entraram no carro do guia e intérprete, Alex revelou parcialmente o que lhe ocorrera. "Na correria lá de dentro, acabei me machucando. Acho que esbarrei em uma garrafa quebrada ou em uns pregos, sei lá." "Deixa eu ver. Ah, não é nada, garoto. Foi só um cortezinho. Toca daqui logo, François, que a gente tem que levar o parceiro pra fazer um curativo."

Os três soldados na enfermaria comentavam a aventura. "Caraca, maluco! Sinistro, aê!" O médico apenas passava um antisséptico no local da mordida e fazia um curativo bem simples. Perguntou pra ele quem lhe havia mordido. "Mordida? Você não disse que tinha cortado num vidro?" Alex argumentou que só sentiu a dor no meio do tumulto e nem teve tempo de ver o que tinha acontecido de verdade. Os colegas ficaram satisfeitos com a resposta. Ao chegar no alojamento, decidiu não dormir. Arrumaria suas coisas imediatamente e, no dia seguinte, tentaria embarcar no primeiro voo que levasse militares de volta pro Brasil. Mesmo que seu horário já estivesse marcado para as 11h, tinha boas relações com um coronel que era seu conterrâneo e sabia que poderia conseguir uma vaga no avião das 6h da manhã.

Numa missão diplomática de urgência, conseguiu falar com o coronel que, pra sua sorte, só dormia depois da 1h da madrugada. Este preparou um ofício que o autorizava a embarcar na aeronave de logo mais. "Sempre sobram algumas vagas para casos como estes, de pedidos das autoridades. Leve este documento que ele garante sua viagem." Alex ficou tão feliz que foi direto para o hangar de saída do avião. Já estava impecavelmente fardado e com sua bolsa a tiracolo. Não queria perder o voo por nada neste mundo. Às 5h da madrugada, já havia entrado e se acomodado na aeronave e, pontualmente às 6h, levantou voo com o resto da tripulação que comemorou a partida como um gol do América, seu time do coração. O nervosismo, a tensão daquelas últimas horas, os sustos passados no ritual vudu, tudo aquilo parecia estar tendo um certo efeito sobre ele. Sentia-se febril e um pouco fraco até.

* * *

A enfermeira tentava mais uma vez obter sucesso:

– Alô. Alô. Você pode me ouvir?

– Hã?! O quê?

– Ele acordou! Doutor, o paciente acordou.

– ...

– Oi, você tá entendendo o que eu digo? – inquiriu o médico.

Alex fez sinal de positivo.

– Você está dormindo há 2 dias. Desmaiou ainda no caminho para o Brasil e tem uma febre muito forte. Não conseguimos identificar o que é, mas seus sinais vitais estão oscilando muito. Você se sente bem?

– Hã? Sim...

– É um caso estranho o seu. Vamos ter que refazer os exames porque... Enfermeira! Venha cá! Os batimentos estão diminuindo de novo! Ele vai desmaiar...

* * *

– Alex de Souza era um rapaz lutador. Ainda muito jovem partiu para um país humilde, para ajudar um povo sofrido que tanto precisava de ajuda...

7h30 da manhã. Cheiro de flores. Choro de alguns. O som inconfundível de muitos narizes fungando simultaneamente.

– ...ele não se negou a ajudar. Dedicou dois anos de sua juventude para prestar auxílio a uma nação pobre, longe dos amigos, da família, de tantas pessoas queridas que enchem esta igreja na mesma medida em que o próprio Alex sempre encheu seus corações de alegria...

Na primeira fila, os pais desconsolados tentavam entender o porquê. Se ele havia sobrevivido à instabilidade de um país dividido, aos perigos da guerrilha, como é que poderia ter morrido logo de uma febre? E depois de já ter voltado pra casa. Desde que o doutor do hospital militar ligara para a família com a notícia, todos custavam a crer no inusitado da situação. Parecia um sonho ruim. Ou uma piada de humor negro, de péssimo gosto e baixíssimo calão. A matriz da paróquia de Santa Terezinha, localizada entre os bairros de Tirol e Petrópolis reunia todas as pessoas que costumavam sentar-se juntas no alpendre da avó de Alex na casa de Zumbi. Ou quase todas. A prima, por alguma razão, não comparecera. Havia muito se esquecera do primo por quem tinha uma boa amizade quando adolescente. Por isso a sua morte não lhe causou impacto forte o bastante para que ela acorresse à missa de corpo presente. Daria "uma passadinha" no velório porque "família é família", mas nada de fortes emoções e sentimentos à flor da pele. Além disso, ela trabalhava num supermercado na Avenida Engenheiro Roberto Freire e ficava um pouco fora de mão se deslocar até a região central da cidade. A própria carta que tinha mandado para o primo depois de tanto tempo sem dar notícias foi escrita por pressão da mãe que cobrava dela alguma atenção ao primo com quem "só andava grudada quando era mais nova".

O padre continuava seu sermão:

– ... ele se levantou e partiu em socorro dos mais necessitados, pois Alex sempre se erguia diante das injustiças.

Qual não foi a supresa de todos os presentes quando Alex levantou-se, mas não diante de nenhuma injustiça, e sim dos olhos de todos. Surpresa, sobressaltos, terror, burburinho. Um e outro grito, além de alguns desmaios súbitos. Monsenhor Lucas emudeceu. Chegou perto do corpo para certificar-se de que aquilo estava mesmo acontecendo. Alex abriu os olhos. O padre anunciou a boa nova: "É UM MILAGRE!". Foram suas últimas palavras antes que o cadáver revivido pulasse sobre ele e investisse contra sua jugular. O sangue jorrou e a mãe de Alex correu em direção ao filho. "Menino, saia já daí! Deixe o Monsenhor em paz!" Alex interrompeu o ataque, parou diante da mãe e pareceu estar reconhecendo alguém remotamente familiar. "Meu filho", disse ela, chorando e o abraçou. O pai também se aproximava para participar daquele abraço quando o celebrante da missa, ágil como um ginasta, levantou-se do chão e, com a batina, ora branca, agora tingida de vermelho, surgiu em seu caminho. "Pa-pa-padre? O senhor está bem?"

Uma forte mordida em seu ombro direito foi o atestado de boa saúde do sacerdote. A mãe, ao vislumbrar o marido sendo atacado pelo Monsenhor, numa clara represália ao que o filho do casal fez com ele havia pouco, partiu indignada com a bolsa em punho. "Que coisa feia, Monsenhor Lucas! Um homem de Deus não pode guardar rancor no coração. Tem que perdoar! Solta o meu marido!" Quando se aproximou, foi o próprio marido que, livrando-se do padre, mordeu o nariz da mulher. Ela urrou de dor, mas logo se entregou em silenciosa letargia. Os quatro permaneceram na nave da capela por mais alguns minutos, como se assimilando sua nova condição. Todos os presentes à cerimônia tinham saído correndo tão rápido quanto puderam ante os últimos sucessos. Aquele templo, outrora sagrado, agora se tornara maldito. Os quatro personagens restantes (um padre, um jovem militar e o casal que representava o seio de uma família) tomaram uma atitude anarquista: separaram-se e saíram da igreja, cada um por uma porta, para saciarem sua fome. Era, mais uma vez a história se repetindo: "Deus, Pátria e Família, marchando pela liberdade", ou pelo menos marchando pra matar a fome. Só que dessa vez, subversivamente, foi cada um marchando por si.

A mãe partiu em direção à Avenida Afonso Pena e, ao chegar na esquina onde se localiza o Hospital São Lucas, foi abordada por um médico que chegava para dar plantão. "Minha Nossa! A senhora está bem? Alguém me ajude a levar essa mulher pra dentro. Ela está ferida", pediu ele, impressionado com o rosto encharcado de sangue e um nariz pendurado. As pessoas já começavam a aglomerar-se em torno deles, quando a defunta deformada mordeu mão do doutor ali mesmo na calçada com toda a força de seu potente maxilar num golpe profundo de animal selvagem. Ele soltou um grito de morte, sem saber que o era de fato, e a mulher sem vida era segura pela multidão, enquanto mastigava um generoso naco de carne do médico. Ele chorava baixo, encostado ao muro, amparado por outros tantos transeuntes e funcionários do hospital que saíram em seu socorro. A mãe investia contra os que a continham, estes cada vez mais certos que seu caso era para a Casa de Saúde Natal ou para o Hospital Colônia, conhecidas instituições para pacientes mentais, e não para o São Lucas. Um dos homens que tentava contê-la, já eram seis, teve um dedo arrancado e saiu deseperado direto para a emergência hospital. Os outros se surpreendiam com a força de bicho, fúria de besta ferida, demonstrados por aquela senhora. Com raiva quase canina, ela desferiu mais um par de mordidas em seus algozes que agora recebiam a ajuda de mais dois homens fortes, policiais militares que passavam pelo local.

O médico, que era levado para dentro por um casal de enfermeiros, havia desmaiado minutos antes, mas pareceu despertar. Curvou-se em direção ao ouvido da moça que o sustentava. Parecia que iria lhe fazer um pedido, uma súplica, falando baixo, sussurrando, utilizando as poucas forças que a copiosa hemorragia não tinha extraído de seu corpo convulso. Ela aproximou a cabeça para ouvir o que ele tinha a dizer, mas só sentiu uma dor fina e o morno líquido rubro deslizar pelo lado do rosto quando sua orelha esquerda foi arrancada. Pânico na sala de espera da emergência. O doutor, diante de uma plateia atônita e paralisada pelo medo, pela surpresa e pela mórbida curiosidade, avançava para o maior número de vítimas possível. Logo a enfermeira "monorelha" se juntou a ele em sua fome de zumbi nova. Nunca aquele hospital tinha visto tanto sangue.

O pai saiu da Santa Terezinha e, pela porta da frente, caminhando chegou à rua Campos Sales sem conseguir morder ninguém. Devido ao seu aspecto deplorável de morto, os moradores de Petrópolis e Tirol desviavam do seu caminho, por confundi-lo com algo, para eles, muito pior: um mendigo. Em seus passos errantes, porém, conseguiu chegar a um edifício de paredes brancas. Um guarda municipal o abordou, mais um que o confundia com um despossuído. "O senhor não pode entrar agora pra pedir. Os vereadores estão em sessão. Volte umas 11h, quando acaba o expediente deles e...". A mão do sentinela repousada sobre o ombro do pai posicionou seu braço direito bem ao alcance de uma mordida, convertendo-se em sua primeira refeição de morto. Logo após o primeiro impacto e o urro que soltou, o guarda desferiu um soco no queixo do seu agressor, mas este foi mais ágil, segurando firme seu pulso e arrancando sua mão direita com a potência de uma fera. Enquanto tinha suas falanges, falanginhas e falangetas, carpo, metacarpo e tudo mais sendo avidamente deglutidos pelo pseudomendigo, o vigilante caíra sem sentidos diante do farrapo faminto e semi-humano. O pai saiu caminhando lentamente, sempre mastigando seu lanche matinal. Funcionários da Câmara Municipal foram até a calçada e, desesperados, levaram a vítima para dentro do prédio.

Alex foi mais feliz em sua caminhada, tendo mordido várias vítimas tão logo saiu da Santa Teresinha e se deparou com os populares que iam, vinham ou "pastoravam" carros na Rodrigues Alves. Pacientes ou profissionais das clínicas, clientes dos restaurantes que buscavam suas marmitas para levar para casa, pedintes mil. O cardápio era variado e sua voracidade típica de um jovem zumbi faminto que, empolgado com o fato novo e mantendo intactos a energia e impertinência próprias dos 20 anos, mostrava-se ensandecido, não podendo ver uma jugular à mostra ou rosto apavorado que arremetia seus dentes e tirava bifes inteiros dos pedestres que tinham a falta de sorte suprema de cruzar o seu caminho.

Distanciando-se um quarteirão da igreja de onde se levantara e saíra à rua, parou diante de um prédio, vizinho ao América Futebol Clube, local muito frequentado por ele para comprar ingressos de jogos. Um edifício envidraçado, repleto de pessoas com suculentos nacos de carne fresca em exibição, correndo em esteiras, pedalando em bicicletas ergométricas, forçando os músculos em máquinas de roldanas. Era a "Academia Cosmética".

Monsenhor Lucas caminhou pela parte central da paróquia de Santa Terezinha. Logo, cruzou com uma beata que passava e lhe puxou pela mão. "Monsenhor! Não sabia que a missa de corpo presente do rapaz ia durar tão pouco. Venha! Vamos participar do curso de padrinhos que está acontecendo no anexo. O padre Marlos vai ficar feliz com sua presença."

"Monsenhor, seja bem-vindo! Estamos agora falando dos valores cristãos que o padrinho deve transmitir ao seu afilhado até o fim da vida. O senhor gostaria de falar alguma coisa para os nossos alunos? Palmas para o Monsenhor Lucas!" As palmas foram ouvidas imediatamente, em resposta aos pedidos do professor Padre Marlos. Tanto que, quando ele se fundiu com o Monsenhor num apertado abraço de urso, mexendo freneticamente a mão direita em espasmos verticais, os assistentes pensaram que se tratava de um pedido para subirem o tom e a intensidade da homenagem. Por isso bateram palmas com ainda mais força e rapidez. A beata então, comovida com o vigoroso gesto de afeto dos dois sacerdotes, gritou para o público: "Viva o Monsenhor Lucas!" E todos responderam: "Viva!". Novamente: "Viva o Monsenhor Lucas!" "Viva!" "Viva o Monsenh...!" Neste momento ele deixou cair o corpo já sem vida do padre Marlos Apyus, e com o sangue, que não era de Cristo, escorrendo pela batina, rangeu os dentes para os pretensos padrinhos. Um deles, menos atento e de raciocínio pouco prodigioso, ainda respondeu retardatário: "Viva!". Aquela saudação, porém, não poderia ser mais inadequada.

Repetindo mecanicamente gestos que realizava em vida, como é corrente entre os zumbis, a mãe se dirigiu ao Banco do Brasil da Afonso Pena. Entrou sem avançar contra ninguém. Foi direto a um dos caixas eletrônicos que encontrou desocupado e, ali diante do visor, parecia ser invadida por reminiscências de hábitos costumeiros, instintivamente posicionada diante da máquina, mas sem saber o que deveria fazer. Logo, alguém argumentou que "aquela senhora furou a fila". Os protestos se multiplicaram e uma funcionária de colete amarelo foi pedir-lhe gentilmente que cedesse lugar para as pessoas que esperavam ordeiramente e de maneira adequada. No entanto, para supremo infortúnio da estagiária, a cliente investiu, mas não no banco, e sim em suas ancas, causando alvoroço no recinto e a reação do segurança que, de arma em punho, veio em socorro da funcionária mordida.

Os médicos que saíam do Hospital São Lucas, com dentes à mostra em sorrisos aterradores de psicopatas, olhos sem vida a mirar o vazio e atitudes firmes de presos amotinados contra todo e qualquer ser humano que cruzasse o seu caminho, eram apenas alguns dos muitíssimos tipos bizarros que surgiam de suas portas escancaradas para ganhar as ruas de Natal, espalhando medo, sangue, terror e morte. Os doutores José Delfino e Armando Negreiros, conhecidos anestesistas da cidade, reputados por fazerem cessar dores dilacerantes, pareciam imbuídos de propósito diametralmente oposto. O cirurgião doutor Sílvio encarnou um Doutor Fritz, convertendo os transeuntes em seus novos pacientes e abrindo seus corpos sem a ajuda de instrumentos mais sofisticados que não fossem os dentes. As primeiras equipes de TV que tentaram registrar o evento ao vivo foram devoradas diante dos olhos incrédulos de telespectadores de todo o estado. Com isso, a notícia se espalhou um pouco antes da epidemia que também seguia a galope de jumento fugindo de cachorro brabo.

As pessoas dos mais distantes grotões da cidade passaram a fugir imediatamente. O caos tomou conta de tudo. Nas ruas, em engarrafamento contínuo, simplesmente pararam de circular automóveis. O número de acidentes nos cruzamentos, sob semáforos que ninguém mais respeitava, cresceu assustadoramente. As brigas e conflitos provocados pelas batidas de trânsito, tentativas de fuga e o próprio desespero típico de uma situação capital como aquela, cobravam também os seus óbitos. Muitos mortos por golpes de armas improvisadas, artefatos dos mais diversos convertidos em instrumentos de batalha. Atropelamentos, saques, gente pisoteada, acontecia de tudo na outrora ordeira Cidade do Sol.

Alguns com mais sorte, por estarem próximos dos limites da cidade ou por se encontrarem em trânsito, ao ouvirem as cataclísmicas notícias que chegavam pelo rádio ou TV, conseguiram se evadir rapidamente, numa diáspora revisitada, holocausto *reloaded*, alerta de tsunami. Todos só queriam fugir do apocalipse que se levantava e os perseguia, rente a seus calcanhares. Um cenário de Orson Welles se apoderou da cidade e arredores. Uma "Guerra dos Mundos" de HG Wells, narrada pelo cultuado cineasta, revivida agora no mais improvável dos cenários, tão distante do Central Park e próximo do Bosque dos Namorados. Por átimos de segundo, pensavam nos entes queridos e amigos deixados pra trás, pensamentos de pesar logo sobrepujados pela impotência justificadora de qualquer covardia. Sair dali era sinônimo de permanecer com vida. Muitos fugiam também a pé. Um sem número de atropelamentos fatais puderam ser vislumbrados nas BRs. Andarilhos que atravessavam na frente dos carros, implorando uma carona redentora, eram atingidos em cheio, sem nenhuma hesitação, pelos condutores, temerosos que eles fossem os infectados anunciados pelo rádio, que espalhavam uma espécie de "raiva" pelos bairros natalenses. De repente, um locutor em pânico começou a berrar ao vivo: "Saia daqui! SAIA! SAIA DAQUI! AAAAAAAAAH!!!!" A transmissão saiu do ar.

No interior do estado, mesmo que a infecção não tenha passado de Natal e alguns bairros mais próximos de municípios vizinhos como Parnamirim e São Gonçalo do Amarante, também ocorreram mortes quando as prefeituras decidiram armar barricadas nas entradas das cidades com ordem de manterem o vírus fora dos perímetros urbanos. Com isso, carros foram metralhados na entrada de Mossoró, Caicó e Currais Novos. Em algumas cidades correram boatos que davam conta da origem da "raiva humana", como vinha sendo chamada. Diziam que era uma derivação da hidrofobia comum em cães. Com isso, pessoas que criavam cachorros ou que haviam tido contato com esses animais passaram a ser assassinadas por seus vizinhos, amigos e até familiares em toda parte. A doença logo ganhou o apelido de "A gripe do cão" com mais de um sentido. Por isso, claro, os cachorros também foram dizimados.

O primeiro vereador a se transformar em zumbi foi justamente o primeiro na contagem de votos nas eleições anteriores. O apresentador Carlos Vagner discursava em plenário quando um guarda municipal maneta entrou e correu para ele. Ainda teve tempo de dizer "É a oposição raivosa atentando contra a minha idoneidade e moral! Este homem está me agredindo! AI, DANOU UMA DENTADA NO MEU BUCHO!".

Os engravatados colegas, aspones, jornalistas e curiosos viram de seus assentos o guarda municipal zumbificado arrancar as tripas do político. Cena dura demais até para os mais destemidos, como a vereadora Sargento Virgínia. A desordem instaurada não foi distinta de nenhum outro ambiente ao viver semelhante situação. Os políticos foram se dirigindo à saída tomados de horror, mas esta já trazia, plenário adentro, toda uma turba de mortos caminhantes, ansiosos por provarem das carnes, órgãos e vísceras dos representantes do povo, sentir um pouco do gostinho de seu sangue, justo eles que eram acostumados a terem a atitude inversa, vivendo dos suores do povo que agora os comia ou transformava em neomortos.

Caso virassem zumbis, os vereadores Júnior Potássio, Abraão Erivan e Rickson Nasser talvez disputassem a liderança daquela nova comunidade da qual fariam parte. Porém, não tiveram sorte (sorte?) de semissobreviver aos ataques da população que, carente já em vida, tornou-se ainda mais necessitada de boas quantidades de carne que aplacassem sua fome, agora como mortos-vivos. Com isso, estes estimados políticos foram devorados por completo e nem pra zumbis serviram.

Ao verem aquele jovem fantasiado de monstro, as recepcionistas pensaram tratar-se de uma estátua viva que havia trocado o prateado noturno por uma indumentária que pudesse usar durante o dia, numa performance estática em troca de algumas moedas. Acharam a iniciativa interessante, apesar do extremo mau gosto, pois deveria ter escolhido uma fantasia esteticamente mais agradável. Alex entrou na academia e dirigiu-se direto à recepção, atraído pelas duas belas garotas que ali trabalhavam. Parou diante de uma delas e, ao ouvir um elogio ao "realista que estava" sua fantasia, desferiu-lhe um beijo de língua. Desesperada por desvencilhar-se da atitude sedutora de micareta, a recepcionista se sacudia toda. Até porque a decrepitude no hálito do morto já se evidenciava no odor sufocante. Foi Alex, porém, que interrompeu o beijo. Voltou-se para trás, levando consigo a língua da recepcionista, que não encontrou nenhuma solução melhor que não fosse desmaiar de dor. A segunda recepcionista também desmaiou diante da visão da cena. Do alto da escada da academia descia um instrutor de musculação muito alto e forte. Esse atleta, por um mero acaso, namorava a garota que acabara de ser despojada de sua língua por Alex. Impressionado com a cena, desceu para espancar o zumbi, pois era mais urgente fazê-lo que socorrer sua consorte. Enquanto ele aplicava um golpe, uma chave no pescoço com o intuito de imobilizar e desmaiar o oponente, este lhe mordeu o braço. Logo, o professor subia novamente as escadas rumo ao pátio de exercícios da academia, acompanhado de Alex. Aquelas dezenas de pessoas se exercitando fariam ambos salivarem, caso ainda dispusessem de alguma secreção corpórea. Como um cachorro diante de um frango assando e rodopiando, eles contemplaram por alguns segundos as meninas que corriam nas esteiras enfileiradas. Depois, cambalearam a passos de zumbi para aproveitarem o banquete.

Pelo Twitter, alguém deu a dica. "Acabo de matar meu pai. Tem que furar a kbça. Atirei nele c/ arpão." Era um alento virtual aos vivos diante do tumulto real e geral. As lutas começaram a produzir as primeiras baixas zumbis, graças a essa nova informação propagada aos gritos pelos que fugiam em desabalada carreira pelas ruas, se escondiam em apartamentos ou refúgios improvisados, ou aglomeravam-se em lugares de difícil saída e flagrante desvantagem geográfica. Como no restaurante Buongustaio, por exemplo, uma ilha suspensa nos confins de Petrópolis, onde uma infinidade de empresários locais viram-se cercados por centenas de homens, mulheres e crianças, todos gemendo e grunhindo, com os braços estendidos, arrastando-se para eles.

Alguns reconheceram ligeiramente os flanelinhas que costumavam guardar seus carros importados, sempre que estacionavam ali, algumas esposas vislumbraram vendedoras de lojas chiques localizadas próximas ao restaurante. Era como se aquelas camadas mais baixas da sociedade se insurgissem contra eles, cobrando finalmente uma fatia do bolo social; tudo o que eles temiam, que os pobres se organizassem contra o monopólio do dinheiro. A verdade é que, enquanto conversavam animadamente à espera do almoço, os comensais perderam todo o espetáculo dantesco que ocorria a sua volta. Agora, era tarde. Os zumbificados que sempre tiveram suas vidas exploradas pelos detentores do capital vinham agora virar o jogo, extraindo eles próprios as vidas dos corpos bem alimentados e fartos dos clientes do Buongustaio.

A esta altura, o Midway Mall, maior centro de compras da cidade, estava um caos. Mas nenhuma metamorfose ou experiência de ida e volta ao mundo do além foi registrada. É que o dia a dia do lugar era marcado pela loucura frenética de uma população sem opções, que acorria às vitrines das lojas à guisa de entretenimento, que sucumbia aos apelos fáceis do capitalismo rasteiro para compensar a falta de cultura e educação. Também havia os que se refugiavam nos ar-refrigerados e praças de alimentação constantemente vigiadas dos centros comerciais, da rua lá fora, cada vez mais ameaçadora nesta Natal de sequestros relâmpagos e assaltos a mão armada. Quando a turba alucinada e sem vida invadiu o shopping numa horda numerosa, muitos pensaram se tratar de uma ação de marketing, como o lançamento de uma nova loja âncora ou ainda uma dessas mobilizações ruidosas convocadas pela internet para chamar a atenção, promovidas por adolescentes com os hormônios em erupção. O fato é que logo os zumbis vivos que se arrastavam pelo Midway se converteram em zumbis mais autênticos, dada a ação dos muitos que entravam para lhes enfiar os dentes nos couros, devorando bem mais que os sanduíches do Pittsburg ou as carnes do Montanna Grill.

A prefeita ficou sabendo da epidemia, ou que pelo menos havia algo de muito estranho acontecendo, através do seu assessor pessoal. A maneira porém que o braço direito da gestora escolheu para revelar a verdade não poderia ter sido pior. Ele entrou em seu gabinete quando ela estava sozinha. Ao vê-lo, ela anunciou: “Oi, querido. Tenho que despachar uns assuntos com você". Ele aproximou-se de sua mesa com os olhos mortos, sem qualquer expressão e com as duas mãos em seu pescoço, apertou com força e suspendeu-a bem alto até sufocá-la. A governante, eleita em primeiro turno, estava acostumada a ser erguida pelos que a seguiam, mas nunca daquela maneira. Não teve sequer tempo hábil para pensar o porquê de aquilo estar acontecendo e logo vindo de seu seguidor mais fiel, justo ele que segurava sua bolsa em eventos públicos e estava sempre ao seu lado. Depois de morta, o assessor para todos os assuntos deixou o corpo inerte da prefeita sobre a mesa oficial. Estranhamente, o zumbi assessor não quis morder ou sequer devorar a antiga chefe. Contentou-se em matá-la, uma atitude incomum à sua natureza de morto caminhante, inexplicável até mesmo para os maiores especialistas no assunto que analisaram o caso tempos depois.

A zona norte da cidade também já começava a sentir os efeitos da contaminação. Milhares de mortos viventes andavam pela Ponte Newton Navarro ou pela Ponte de Igapó, no afã de compartilhar com os irmãos do hemisfério mais populoso da capital, o que eles tinham para lhes oferecer. A residência do deputado populista símbolo da localidade foi transformada em trincheira por centenas de fiéis seguidores e eleitores do político. A governadora estava desaparecida desde o fim da manhã. Havia sido vista pela última vez numa solenidade no Centro Administrativo ao lado do vice, que concorreria para o cargo majoritário do governo, e de alguns secretários. O ponto alto da festa foi quando o seu filho, que também era candidato nas eleições, adentrou o evento zumbificado e causou mais um escândalo para sua administração ao morder diversos dos presentes. Aliás, o filho da gestora, que era candidato a deputado estadual, já havia abocanhado bastante durante o governo da mãe, segundo se dizia.

Uma tropa de altos mortos viventes, sarados, outrora saudáveis e atletas marchavam pela cidade, saídos todos da Academia Cosmética. Na frente Alex de Souza, o paciente zero da epidemia, ladeado pelo deputado federal e empresário dono da academia, muitos alunos e instrutores de musculação e ginástica, além da namorada do político e empresário, a atriz Preta Gil. O zumbi federal parecia ser o mais satisfeito com sua recém-adquirida condição de morto. Era como se tivesse descoberto, após a morte, a verdadeira razão por que nascera. Observando-o mais atentamente, poderíamos até dizer que parecia mais inteligente morto do que quando em vida.

A noite caía na capital potiguar e a profecia da prima gostosa de Alex de Souza finalmente se cumprira. "Natal é uma cidade muito morta...". Os que não conseguiram fugir, ou haviam se convertido em mortos-vivos, ou em mortos-mortos, ou estavam em bunkers improvisados, muito bem ocultos, como um pequeno grupo que se refugiou no Gringo's, bar rocker de Ponta Negra, bairro turístico da cidade convertido em zona de prostituição pelas autoridades. Aglomerações mais numerosas conseguiram manter-se a salvo em alguns supermercados da cidade ou em centros de compras como o Natal Shopping Center ou o Norte Shopping, locais que puderam ser avisados a tempo e obtiveram rápida ação do corpo de segurança, impedindo que as pessoas entrassem ou saíssem para sua própria proteção.

Os zumbis tinham que caminhar cada vez mais longe para conseguir boa carne humana, fresca e nutritiva. Um grupo de sobreviventes que fugia em um carro na BR 101 desde um supermercado da Avenida Roberto Freire parou no meio da pista por falta de gasolina. Agora, estavam ali, sujeitos aos ataques certos dos mortos que tomaram conta da cidade. Não demorou muito para eles serem completamente cercados por uma multidão.

De repente, ante o pânico generalizado daqueles cinco condenados, do desespero que a morte próxima, o fim iminente e inevitável traziam, viram um grupo de mortos mais fortes abrirem caminho entre os demais. Eram os zumbis anabolizados da Cosmética, o deputado zumbi entre eles, transformados em lacaios e escravos por Alex de Souza. Acontece que uma das pessoas que constituía aquele grupo fugitivo era ninguém menos que a prima, objeto de seu afeto, que faltou a sua missa de (suposta) despedida.

Ela reconheceu o primo, e em seus olhos brilhou uma centelha de esperança de escapar com vida daquela situação absurda. "Meu primo lindo", disse chorando. "Por favor, peça pra eles não machucarem a gente, peça pra eles não machucarem a gente", implorava de joelhos. Alex ergueu a prima e olhou diretamente em seus olhos. Parecia lembrar de algo, de reconhecer alguém do passado. Queria lhe dizer alguma coisa, exprimir um sentimento, um desejo, queria retomar o fluxo sanguíneo que abandonou suas veias. A prima retribuía o olhar como quem se agarra a uma possibilidade única de escapar. Alex então, rápido e preciso, deu o bote. Matou a prima rapidamente, sem dor, enquanto a multidão em sua volta avançava sobre os outros quatro do grupo sobrevivente.

Alex, após a morte, realizou finalmente o seu grande sonho, quando em vida. Comeu a prima e constatou o quanto, de fato, ela era gostosa. Não foi exatamente da maneira que ele havia imaginado, mas, a essa altura dos acontecimentos, não fazia lá muita diferença.

E verdade seja dita: Natal era mesmo uma cidade muito morta.

REFÚGIO

Natal (RN), novembro de 2009.

Certo dia, uma capital litorânea brasileira, aparentemente escolhida ao acaso, foi assolada por uma epidemia rara e contagiosa que levava as pessoas à morte em poucos segundos, reanimando-as logo em seguida, porém convertidas em monstros canibais, irracionais e extremamente agressivos. O vírus maldito se espalhou rápido pela cidade. No fim da manhã, todo o centro e bairros do coração natalense sofriam com o transtorno provocado pelos "mortos-vivos" que não cessavam de atacar as pessoas. Os infectados se multiplicavam numa metástase diabólica que tomava conta do corpo urbano da cidade, transformando aquele cenário, antes paradisíaco, em um terreno de agonia, sofrimento e dor. A cada momento, surgiam novos focos de contaminação, notícias aterradoras, ainda mais quando amplificadas pelos meios de comunicação, que davam conta do medo dominante com a habitual sede de audiência.

A fuga desesperada de milhares de sobreviventes se deu por todas as vias possíveis. "A ordem é evacuar Natal o quanto antes se não quiserem morrer como os outros", disse um apresentador de TV, antes de ele próprio sair do ar (e da cidade). Uma situação apocalíptica tomou conta de todo o perímetro urbano e, poucas horas após o início do contágio, quem ainda não havia fugido precisou esconder-se em abrigos improvisados, guardando silêncio absoluto para não ser encontrado pelos enfermos ameaçadores e famintos que vagavam pelas ruas e praças, buscando pessoas saudáveis que saciassem sua ânsia de carne fresca.

Um desses lugares, ocupado por homens e mulheres angustiados que não conseguiram se evadir da cidade e tiveram que permanecer à espera do pior, foi improvisado numa discreta localidade do bairro de Ponta Negra. Quando os sócios Arthur e Luciano chegavam ao seu bar, o Cowboy's, com as compras diárias, já passava do meio-dia. Sem saber de nada do que se passava em bairros não tão distantes dali, eles começaram a descarregar as garrafas de bebidas e ingredientes que resultariam em alguns dos mais de uma centena de coquetéis que o bar oferece em seu cardápio.

Mal eles acabaram de descarregar o material, um Maverick negro e barulhento freou ruidosamente na frente do bar. De lá saíram quatro pessoas bastante alarmadas. "Entra, Arthur! Entra, Luciano! Eles estão vindo pra cá! Rápido!", berrava a única mulher que chegava com o grupo. Um dos três trazia um taco de beisebol nas mãos; outro, duas raquetes de frescobol e uma grande bolsa, que podia adivinhar-se cheia devido ao grande esforço que fazia para sustentar o peso; o terceiro segurava uma imponente pistola. Todos eram conhecidos e clientes do bar, mas nunca haviam chegado ali daquela forma. Fosse lá o que fosse, a situação era grave.

Entraram rápido e dois dos recém chegados já foram baixando a porta metálica que trancava o bar. O Cowboy's era um local pequeno, de frente para uma pracinha que chamavam de Praça Ecológica, apesar de não ter nenhuma árvore e de a grama estar sempre morta devido à falta de cuidados. Ficava num quarteirão que separava a avenida principal do bairro e o conjunto residencial. Era pequeno, escuro, com um balcão em "L" e algumas poucas e pequenas mesas altas na parte de dentro. As paredes eram completamente pretas, ornadas com fotografias de bandas de rock e pôsteres de shows: "Ramones", "Sepultura", "White Zombie". Por trás do balcão havia uma infinidade de destilados dos mais variados, um freezer para a cerveja e algumas pias. Também havia um laptop que já estava sendo ligado pela garota, a mais exaltada de todos.

Arthur, o Cowboy, fundador do bar, quis logo saber o que estava se passando:

– Gabi, o que cês tão fazendo?! Quem tá lá fora? É assaltante?

Natal passava por uma onda de assaltos a mão armada, Ponta Negra inclusive. Muitos moradores próximos ao bar já haviam sido vítimas. Alguns casos davam conta de quadrilhas que invadiam casas e faziam famílias inteiras de reféns, munidos com metralhadoras e fuzis até. Por um momento, o Cowboy de Currais Novos pensou que o grupo de amigos tivesse se deparado com uma dessas situações e conseguido escapar.

– São zumbis, Arthur! Você não ficou sabendo? Sintoniza aqui uma rádio pela internet. Eles começaram lá pelo centro da cidade de manhã e agora já tomaram conta de tudo. A gente tem que ficar trancado aqui e bem quietinhos – respondeu Gabi.

– Vocês tão de sacanagem! – rebateu o empresário.

Não estavam. Arthur e Luciano navegaram um pouco pela net e constataram pelas notícias que surgiam em todos os portais, sites de relacionamentos e rádios locais, a situação calamitosa que tomava conta da cidade.

Gabi do Cão estava no meio do expediente da tarde em seu trabalho quando leu na internet muitos relatos de estranhos acontecimentos em toda a cidade. Fã de filmes de terror e conhecedora da saga escrita e dirigida por George A. Romero, não teve dúvidas do que se passava. Saiu sem pedir permissão ao chefe, subiu em sua moto, ligou para um amigo chamado Selvagem e decretou:

– Natal está sendo atacada por zumbis. Junte seus amigos mais do mal e vamo simbora!

No caminho da casa de Selvagem, Gabi viu de tudo, a começar por um homem em farrapos arrancando o braço de uma mulher e comendo, como se fosse um bauru. No caminho, muitas cenas grotescas e inimagináveis. Infectados perseguindo pessoas normais, sobreviventes se jogando de cima dos viadutos ao se verem encurralados. Ela própria teve que desviar de vários mortos-vivos que se puseram na pista para tentar pegar os motoqueiros que passassem.

– Ainda bem que esses filhos da puta são lentos! – pensou consigo mesma.

Selvagem só teve tempo de reunir Fêfo Braw e Glauco Gobbato. Quando Gabi chegou, eles já haviam juntado tudo o que poderia servir de armas para combater os monstros. Entraram todos a bordo do Maldito, o Maverick negro que parecia saído de um thriller de perseguição dos filmes B da década de 70, e partiram para viver sua aventura na estrada.

Gabi do Cão era uma jovem de personalidade forte. Não era nem de longe uma menininha indefesa e dócil. Campeã de full-contact, ovelha negra da família, saiu de casa aos 15 e era uma das tatuadoras mais solicitadas da cidade. Seu amigo, Selvagem, era o sinistro guitarrista de uma banda de rock bastante cultuada no underground. Selvagem era uma celebridade no circuito roqueiro do Brasil e, devido à bem sucedida turnê europeia de sua banda, começava a ser conhecido também fora do país. Glauco Gobbato era o produtor da banda e tinha duas companhias inseparáveis, uma garrafa de Johnny Walker e uma Magnum 44 que ganhou da ex-mulher. Fêfo Braw era professor de história vizinho de Selvagem. Tinha certa experiência com assassinatos, uma vez que, anos antes, tinha matado alguns turistas envolvidos com turismo sexual. Respondeu o processo em liberdade e acabou absolvido por falta de provas. Ele reunia duas qualidades importantes para a aventura que viveriam, fosse ela a fuga ou uma luta frente-a-frente com os zumbis: inteligência e habilidade com as raquetes de frescobol. Ele sempre pensava antes de bater.

Arthur, o Cowboy, havia aberto o bar, que levava seu apelido na fachada, assim que chegou do Seridó para virar empresário em Natal. Luciano, arquiteto e professor da UFRN, entrou depois como uma espécie de relações públicas. Ia tanto ao local que acabou virando sócio. Os dois se pareciam fisicamente. Eram altos, fortes, cabeludos e usavam cavanhaques e rabos de cavalo idênticos. Eles estavam um pouco confusos. Nem tanto pela história dos zumbis, mas porque não estavam habituados a receber seus clientes tão cedo, uma vez que só abriam o bar depois das 20h.

Selvagem: Seguinte, bróder. Estourou uma epidemia de zumbis aí, que nem nos filmes, e tão tocando o terror na cidade.

Luciano: E não dá pra fugir da cidade?

Fêfo Braw: Os acidentes de trânsito e os ataques na saída da BR fecharam as saídas.

Glauco: A não ser que a gente vá pelo litoral, pela Rota do Sol.

Fêfo Braw: Vai arriscar? Se a gente sair e a estrada estiver bloqueada como as outras? Aí fudeu! Não dá pra voltar.

Glauco: Mas se a gente ficar aqui vai morrer, Fêfo! Não tem jeito!

Fêfo Braw: Tu quer sair então? Eles já podem estar na praça lá fora! Vai lá ver, Glauco! Vai dar de cara com os bichos lá!

BAM! BAM! BAM! BATIDAS FORTES NA PORTA DE METAL.

Todos se prepararam. Glauco carregou a Magnum, Fêfo retirou um facão da bolsa, Selvagem o taco de beisebol e Gabi do Cão uma das raquetes que Fêfo havia trazido. Luciano e o Cowboy ficaram alarmados com a sincera reação dos seus clientes às batidas na porta. Era como se uma ameaça real se anunciasse. Diante disso, Arthur foi no quartinho de trás do bar que servia de despensa. Voltou com uma espingarda 12 e um revólver Taurus que botou na mão de Luciano.

Uma voz de mulher foi ouvida por trás da porta:

– Cowboy, abre, é a Fernanda Fumantezinha! Por favor, abre a porta!

Gabi reconheceu a voz de Fernanda, outra cliente do bar como os demais e foi até a porta para deixá-la entrar.

– Limpeza, galera. Se ela tá falando com a gente é porque não foi mordida por ninguém. – Agora falando para a porta: – Tem alguém com você aí, mulher? Algum zumbi?

– Tem o Rodrigo Santos, mas nenhum zumbi!

Fêfo Braw e Glauco subiram a porta metálica. Entraram correndo, além de Fernanda, dois homens: Rodrigo Santos e um outro que nenhum deles conhecia. Glauco e Fêfo deram uma rápida olhada para praça vazia. Nem sinal de mortos-vivos. Cerraram novamente o bar e respiraram aliviados.

Fernanda: Ai, gente! Que loucura! Tá um pandemônio lá fora. As pessoas estão se matando!

Gabi do Cão: Não são mais pessoas, Fernanda. São zumbis.

Fernanda: Eu não vi nenhum desses zumbis ainda, Gabi. É o povo mesmo que está matando uns aos outros. Tentam fugir, roubam carros, atropelam os outros, atiram, brigam... Eu acho que essa história de zumbis foi alguém que inventou pra causar tumulto.

Rodrigo Santos: Você não diria isso se tivesse visto o que eu vi. O vigia do meu prédio partiu pra cima da gente, querendo morder. A sorte foi que conseguimos chegar ao carro.

Cowboy: E por que não fugiu da cidade?

Rodrigo: A gente tava indo pra Rota do Sol, mas tá tudo engarrafado. Então, pra ficar preso ao ar livre, é melhor se abrigar num lugar fechado, ainda mais cheio de cerveja.

Com essa tirada gaiata, Rodrigo e seu acompanhante sorriram. Todos os outros permaneceram sérios.

Selvagem: De onde você tirou essa 12, Cowboy?

Cowboy: Eu comprei quando abri o bar. Sempre deixo lá atrás, escondida, pra caso precisasse um dia...

Glauco: Como agora.

Cowboy: Eu tenho uma coleção maior lá em casa. Mas não divulgo pra ninguém porque aqui no Brasil é foda. Nego não deixa gente de bem ter arma, só bandido e polícia. O que, aliás, é mais ou menos a mesma coisa. Daí, tive que me contentar com o paintball. Inclusive, se um de vocês quiser, tem umas armas de paintball ali atrás.

Fernanda: Eu quero!

Gabi do Cão: Mas, olha só, galera. Se eles chegarem aí, o único jeito de matar os desgraçados é acertando na cabeça. Seja com tiro, com uma faca, esmagando o crânio com um pau... mas tem que ser na cabeça, ouviram?

Fêfo Braw: Eu trouxe aqui umas facas que tinha lá em casa. São pra cortar carne. Pegaí, Rodrigo. Dá uma pro seu amigo também.

Gabi do Cão chamou Selvagem no canto para segredar-lhe algo.

Gabi do Cão: A gente tá fudido. Os zumbis vão chegar aqui. Certeza.

Selvagem: Por quê?

Gabi do Cão: Você conhece esse primo de Rodrigo?

Selvagem: Não.

Gabi do Cão: Sabe o nome dele?

Selvagem: Nunca nem vi.

Gabi do Cão: Pois é. Nos filmes de zumbi, esses são os primeiros a morrer. É o figurante 1, o primo do fulano, a garçonete 2... A simples presença dele aqui significa que os zumbis vão chegar e talvez matar a gente.

Selvagem: Que é isso, Gabi?

Gabi do Cão: Inclusive, dá pra gente identificar os personagens reunidos aqui. Sempre tem uma gostosa durona que, obviamente, sou eu. Tem também a gostosa ingênua que é a Fernanda.

Selvagem: O que acontece com elas?

Gabi do Cão: A abestalhada morre logo. A valentona não. Se ela morrer, morre por último. Você também deve demorar a morrer, porque é o principal da história, o personagem mais interessante. Mas vai acabar sendo pego, perto do fim do filme, numa hora em que tenta me salvar.

Selvagem: É ruim!

Gabi do Cão: Acho que Rodrigo morre um pouco depois do amigo. Glauco, Fêfo, Cowboy e Luciano vão formar um grupo paramilitar. Vai ter um durão sem caráter que vai brigar pela liderança com o mais inteligente e também um durão com boas intenções e um filho da puta egoísta. Mas não dá pra saber ainda quem é quem. Tem que esperar a ação começar.

Selvagem: Rodrigo, vem cá!

Rodrigo: Fala, Selvagem.

Selvagem: Quem é esse figura que veio com você?

Rodrigo: Você não conhece? Tá sempre comigo.

Selvagem: Não conheço. Ninguém aqui conhece e, exatamente por isso, tenho o desprazer de lhe comunicar que ele vai morrer.

Rodrigo: Que é isso, pô? Só porque você não conhece? Hômi, eu trago ele aqui. Apresento agora a você. É meu primo. Já foi candidato a vereador e tudo...

Selvagem: Não, bróder. Não é assim que funciona. Tô falando pro seu bem. Ele vai morrer. Conforme-se com isso. E vê se fica esperto, senão você pode acabar morrendo também.

A noite chegou rápida e os primeiros gemidos passaram a ser ouvidos vindos de fora. Os mortos caminhantes vagavam em busca de sobreviventes. Famintos, eles buscavam em todos os lugares possíveis. Porém, as pessoas saudáveis que restavam se encontravam protegidas em andares altos de edifícios ou em locais bem escondidos. Alguns ruídos e grunhidos se aproximaram bastante da porta de metal. Todos ficaram alertas, com suas armas prontas para se defender dos ataques, mas felizmente a porta estava bem trancada e todos guardavam silêncio absoluto. Os monstros não podiam ver o interior, pois uma tábua tapava a única janela do bar.

Selvagem, Fêfo e Glauco haviam levado provisões nas bolsas que permitiriam que todos sobrevivessem alguns dias. Sanduíches, barras de cereal, pedaços de bolo, pães e algumas garrafas de água de coco. Daria para esperar um resgate ou, quem sabe, a situação se acalmar lá fora.

Quando já era noite, Luciano e o Cowboy sentaram-se no chão atrás do balcão para descansar um pouco. O Cowboy, desconfiado, quis saber:

Cowboy: Será que essa turma não está brincando com a gente?

Luciano: Acho que não. Você ouviu na rádio e leu na internet. Tá realmente acontecendo algo muito estranho.

Cowboy: E a porra do governo ainda não fez nada? Isso nos Estados Unidos, os caras mandariam o exército e matava esses zumbis todos! Eu queria ver se me botasse aquelas armas de sniper nas mãos. Eu e o meu time de paitball. A gente arregaçava! Matava esses filhos da puta com tiros na cabeça.

Luciano: Eu penso igual. Se me dessem uma arma dessas com mira telescópica, eu ficava só estourando as cabeças.

Cowboy: Pois é. Inclusive, você já reparou que a gente concorda em tudo?

Luciano: Não. É verdade?

Cowboy: Claro que é. A gente se parece muito nas opiniões, aliás, fisicamente também. Saca só.

Luciano: Pega um espelho aí.

Cowboy: Tá aqui. Vamos comparar.

Luciano: Mas rapaz, não é que é mesmo. Nós somos iguaizinhos. Como é que eu nunca tinha notado antes?

Cowboy: A semelhança é impressionante. Será que nós somos parentes?

Luciano: Talvez a gente seja irmão.

Cowboy: Será? Pode ser mesmo. Naquele tempo havia muitos casos de bebês trocados na maternidade. Meu irmão tem a sua idade e não se parece nada comigo. Acho que você pode ter sido trocado por ele.

Luciano: Mas seu irmão nasceu em São Paulo?

Cowboy: Nasceu, sim. Na maternidade São Fábio Cavalera.

Luciano: Pô, meu. A mesma em que eu nasci. Em que data?

Cowboy: 15 de maio de 1975.

Luciano: No mesmo dia que eu.

Cowboy: I rest my case.

Luciano: Meu irmão!

Cowboy: My brother!

Luciano e Cowboy abraçam-se emocionados pela descoberta de que são irmãos. Como estão sentados atrás do balcão, os demais presentes no bar não ficam sabendo da revelação, até porque todos conversam baixo para não atrair zumbis.

Rodrigo Santos senta a um canto do bar com o primo. Este lhe sorri e ele começa uma conversa.

Rodrigo: Primo, vou dizer uma coisa. Esse povo tá meio perturbado do juízo. Não sei que porra é essa? Vai ver ficaram doidos com essa história de zumbis. Ficam com umas conversas meio tronchas. Vieram me dizer que você corre perigo porque não fala nada. Que história é essa? Você fala que só uma matraca. Né, não?

Primo: ...

Rodrigo: Nem precisa responder. Eu concordo. Você fala demais às vezes. Eles é que não lhe conhecem direito e ficam inventando teorias absurdas. Pois eu vou dizer uma coisa a você. Sobreviver a uma epidemia de raiva humana é como tomar cachaça. Devemos passar por isso com dignidade. O jeito certo de tomar cachaça é virar o copo e manter a expressão impassível, imutável. Quem bebe e faz careta é porque não sabe beber. Pois com os zumbis é igual. Se você é um cara silencioso é porque vai sobreviver. Pode apostar. Aliás, isso lhe dá chances, inclusive, de se tornar o herói da história. Porque você é o mais improvável. Passa o tempo todo meio escondido, em segundo plano, sem dizer nada nunca e, de repente, quando o bicho pega é você quem aparece e salva o dia. Pode apostar. Isso é um clichê de roteiro hollywoodiano. E se tem uma coisa que eu entendo, é de cinema.

Primo: ...

Rodrigo: Outra coisa, primo. Você sabia que nós podemos sobreviver aqui durante 5 dias, né? Sabe como? Só bebendo Guinness. Eu contei lá no freezer. Nós aqui somos 9 e temos 135 latas no estoque. Isso dá 3 refeições por dia pra cada. Porque a Guinness foi desenvolvida para os operários irlandeses e cada lata tem o exato valor nutricional de uma refeição. Com isso, os caras não precisavam gastar grana com comida. Só com bebida. Legal, né?

Primo: ...

Rodrigo: Andei prestando atenção nos nossos companheiros aqui. As meninas, por exemplo. Fernanda Fumantezinha tem mais chances de sobreviver porque tem os polegares dos pés menores que os outros dedos. Eu já prestei atenção. Mulheres que têm essa característica física são mais inteligentes. Você já reparou nisso?

Primo: ...

Rodrigo: Você sabe o que pode ser determinante para a nossa sobrevivência aqui? A habilidade que cada um tem em tirar o sutiã de uma mulher. Eu consigo tirar um sutiã com um só toque. Quem se enrola pra fazer isso tá fudido. Vai virar ração de zumbi. Sabe por quê? É que isso denota perspicácia, e somente os mais espertos poderão sobreviver a uma situação extrema como essa. O sutiã é a resposta, primo. Pode apostar. Aliás, como é que você tira um sutiã, primo?

Primo: ...

O dia seguinte amanheceu e a praça em frente ao Gringo's parecia superpovoada de mortos-vivos. Os gemidos já se ouviam altos dentro do bar. Alguns conseguiram cochilar um par de horas, mas quase todos permaneceram em vigília temerosa de que fossem descobertos e surpreendidos pelos zumbis em impróprios momentos de descanso.

Glauco: Vou dormir.

Fêfo: Acabei de acordar.

Glauco: Tu é muito do contra, né?

Fêfo: Eu?! Do contra? Você sabe que horas são? 6 da manhã. As pessoas normalmente estão dormindo ou acordando a essa hora?

Glauco: Depende.

Fêfo: Como assim, depende? Tá maluco? Gente normal acorda pela manhã e dorme à noite.

Glauco: Mas, se for um fim de semana, tá todo mundo voltando da farra.

Fêfo: Aí é exceção. Não é regra. No fim de semana, as pessoas não trabalham.

Glauco: O vigia noturno do meu prédio trabalha no fim de semana à noite e só vai pra casa dormir às 6 da manhã. E ele é gente normal.

Fêfo: Se você não sabe conversar, é melhor ir dormir mesmo.

Glauco: Vou dormir mesmo. Porque é uma das melhores coisas do mundo.

Fêfo: Melhor que sexo?

Glauco: Não quero entrar em detalhes. Eu falei que é "uma das" melhores coisas do mundo.

Fêfo pensa por alguns segundos e depois diz: Fazer xixi no ralo.

Glauco: O quê?

Fêfo: Fazer xixi no ralo é uma das melhores coisas do mundo. Durante o banho. É bom demais.

Glauco: Ah.

...

Glauco: Um gol do título do seu time. Também é uma das melhores coisas.

Fêfo: Comer pirão.

Glauco: Como é?

Fêfo: Pirão é minha comida preferida. Eu gosto de pirão.

Glauco: Pirão de quê?

Fêfo: Qualquer pirão. De carne, de peixe, de galinha. Se for pirão, caio dentro.

Glauco: Você é doido.

Fêfo: Rapaz, tive uma ideia. E se a gente fizer uma lista das melhores coisas do mundo e tentasse juntar.

Glauco: Como assim?

Fêfo: É que uma vez li um conto do Daniel Pellizari sobre um cara que descobria que o espirro e o orgasmo são as duas sensações mais prazerosas para um ser humano. Aí o cara tentava alcançar o nirvana, o prazer pleno, gozando e espirrando de uma só vez. Masturbou-se e inalou rapé sem parar até conseguir. A gente poderia imaginar algo parecido.

Glauco: Entendi. Tipo o cara comer pirão durante o banho, enquanto mija no ralo e comemora um gol de título, né?

Fêfo: Exatamente. O que você acha da ideia?

Glauco: Eu acho que você é doido e vou dormir logo, pois pode ser contagioso.

Fêfo: Você é muito do contra, viu?

Por volta de meio-dia, as privações diversas começavam a deixar o clima um pouco tenso. Os internos começaram a inventar jogos como adedonha, forca, adivinhações e quetais. Selvagem e Glauco sugeriram brincar de "tô no poço", mas as mulheres presentes refutaram a ideia. Num momento em que elas adormeceram, os marmanjos se reuniram e começaram a devanear a respeito de assuntos diversos. O Cowboy questionou os demais se fazer sexo com uma zumbi poderia ser considerado necrofilia. Após o asco inicial e geral causado, todos começaram a relativizar a questão e flexibilizar opiniões. Luciano perguntou se ninguém ali, em nenhuma hipótese, faria sexo com uma infectada. Rodrigo Santos afirmou que, amordaçando bem, poderia encarar a zumbi Alinne Moraes ou a Scarlet Johanson. Todos se puseram pensativos e foram expondo suas condições para também aderir ao sexo entre vivos e mortos andantes. No fim, algumas certezas: o pequeno grupo masculino ali reunido era composto por maníacos incorrigíveis e o isolamento começava a fazê-los perder a noção do bom senso.

Os dias foram passando e a tensão crescia no refúgio. Os gemidos perdiam força, mas prosseguiam lá fora. Mais de uma semana sem banho, sem ver a luz do sol, bebendo água da torneira, racionando comida e dominados por um pavor incontrolável de que fossem atacados e mortos a qualquer momento fazia com que os conflitos se tornassem constantes. Glauco queria sair e enfrentar os zumbis antes que ficassem fracos e cansados demais, no que começava a ganhar a adesão do Cowboy. Fêfo Braw dizia que seria um suicídio e que era preciso ter mais paciência. Selvagem tentou uma saída conciliatória. "E se a gente saísse e tentasse chegar ao Maldito? Daí tenta fugir de carro pra onde a epidemia não tenha chegado."

Gabi do Cão, porém, foi taxativa. Uma fuga assim pode até dar certo, mas tem umas coisas. Primeiro, eles teriam que planejar e preparar tudo muito bem. Segundo, alguns vão morrer no caminho. Terceiro, o primo de Rodrigo tem que ir à frente. O rapaz, que ninguém conhecia, sequer sabiam seu nome, não havia falado nada nos 10 dias em que estiveram ali, limitando-se apenas a um sorriso nervoso de mongoloide. Dessa vez, ele mudou a expressão. Perdeu o sorriso, que deu lugar a um rosto sério e assustado de animal encurralado.

De repente, batidas fortes na porta de metal. Isso vinha acontecendo já constantemente havia dois dias, renovando de tempos em tempos o susto e os calafrios dos refugiados. Os mortos vinham, batiam à porta, tentavam abri-la e, por não conseguirem, iam embora. Porém, dessa vez, as batidas persistiram e vieram acompanhados de uma voz.

– Se houver alguém aí dentro, por favor responda! Aqui é o tenente Benjamin, comandante da operação de erradicação e resgate! Se não responder ninguém, vamos invadir o recinto.

Todos se manifestaram. Gritos, pedidos de ajuda, gratidões explosivas vindas dos pulmões. Uma reação tão forte, barulhenta e efusiva que chegou a assustar um pouco os militares brasileiros que tomavam conta da praça. O governo demorou mais de 24 horas, mas convencido da gravidade da situação, mandou tropas de todos os lugares do Brasil para aniquilar os infectados e resgatar os possíveis sobreviventes. O exército americano também veio em socorro do povo brasileiro, tendo sido decisivo para a erradicação do vírus, fornecendo homens, material bélico e apoio logístico.

Quando Selvagem abriu a porta metálica junto com o Cowboy, todos saíram de dentro felizes pelo resgate. Glauco e Fêfo abraçados, Luciano, Gabi e Fernanda felizes da vida. O primo de Rodrigo tomou a frente do grupo, com medo de ser morto por seus companheiros de cativeiro voluntário, especialmente o assustador Selvagem. Em sua desabalada carreira, um dos militares confundiu seu jeitão de idiota com um suposto zumbi e deu-lhe um tiro certeiro na cabeça. Ele caiu morto para surpresa de todos que, de repente, pararam.

Tenente: Vocês estão bem?

Gabi do Cão: Sim. Tá todo mundo limpo. Ninguém aqui teve contato com esses galados, não!

Tenente: Parece que houve um acidente com o seu amigo ali.

Gabi do Cão: Na paz, seu guarda. Aquele ali tava marcado já.

Rodrigo achou uma pena que seu primo tivesse morrido, mas só um pouco. Os demais tentariam agora voltar a suas vidas normais. Seria difícil, uma vez que 90% da população de Natal havia morrido devido ao incidente, inclusive quase todos os seus familiares. Seria como começar uma nova cidade do zero. Talvez uma cidade melhor. Fosse como fosse, seria sempre bom voltar ao Cowboy's para celebrar a sobrevivência deste pequeno grupo de amigos e brindar a todos aqueles que sucumbiram por não haverem tido a sorte de encontrar um refúgio tão bom quanto eles.

VIDA NOVA

Natal (RN), janeiro de 2013.

Levantar pela manhã significava muitas coisas. Ato contínuo que trazia em si os mais contraditórios sentimentos. Por um lado, fazia cessar a longa sequência de pesadelos, resquícios inevitáveis dos dias ruins. Impressos para sempre nas memórias dos que captaram o apocalipse com seus próprios olhos, registrando com retinas sãs toda a podridão possível num mundo literalmente em decomposição. O toque do despertador era também o sinal que dava início ao suplício diário, um impulso sonoro que puxava ao vazio do que restou, obrigando a encarar a lembrança de todos aqueles que se foram de forma trágica, dos parentes que foi preciso matar para livrar-lhes da terrível infecção.

Como seguir em frente nestas condições? Como voltar a ter uma rotina diante do trauma permanente de haver visto a cidade em que se viveu toda uma vida sucumbir à peste, à morte e à completa tragédia que teve lugar nesta localidade com nome alusivo à mais divina natividade? Como deixar pra lá que muitos (quando não todos) os que você conheceu e amou por estas paragens morreram em questão de dias, vários deles por consequência de suas próprias ações, seu instinto de sobrevivência? Como ignorar o fato de você ter estourado a cabeça dos seus pais com um porrete improvisado, arrancado de uma cadeira da sala de jantar? E o seu irmão, morto por uma facada que você acertou em seu olho direito e afortunadamente atingiu o cérebro? Como superar isto?

O momento em que somos trazidos à tona, resgatados dos sonhos ruins que nos sufocavam à noite, reproduzindo lembranças macabras como em contínuas projeções de um filme de terror passando na sala escura da mente, provoca uma intensa e profunda respiração de alívio. Como que por impulso, nos colocamos de pé subitamente e torcemos, por um momento, que os pesadelos não passem disso, que não sejam fatos ocorridos conosco, replicados com pequenas variações, recordações fragmentadas, fazendo sempre questão de nos rememorar um passado tão recente quanto improvável. Mas ainda que seus contornos fantásticos nos levem a crer que tudo não passou de uma alucinação coletiva, logo nos damos conta de que, sim, foi real.

A ilusão logo se desfaz, pois não passa de um breve instante aquele em que nos revestimos da vã esperança de que tudo não tenha passado de fruto estragado de nossa imaginação e que o despertar faça tudo voltar a ser como antes, que as pessoas que vimos morrer estejam bem, que toda a experiência traumática obtida em dias de confrontos e privações, quando fizemos valer a lei do mais forte e do determinismo biológico aplicado à raça humana, de que tudo não passe de um conjunto de imagens ficcionais cada vez mais turvas no espelho retrovisor da memória, incapazes de deixar sequelas definitivas em nossas vidas, como se fosse um filme assustador e apenas isso.

Entretanto, logo a dura realidade das cicatrizes permanentes deixadas e as marcas legadas por intensos embates não tardavam em desabar sobre nossas cabeças atormentadas, pesando sobre os ombros não só as nefastas ocorrências havia pouco, encharcadas de sangue e medo, mas também a responsabilidade de construir a cidade do zero, havendo testemunhado a queda e o rápido perecer de 9 entre 10 natalenses ou moradores. Não têm sido poucos os que, havendo sobrevivido, sabe-se lá a que custo, à praga que tomou conta de tudo, não resistem à pressão que é encaixar-se numa novíssima ordem, dando cabo da própria vida ou recorrendo a medicamentos fortíssimos que os ajudem a esquecer. A depressão tem acometido a muitos. E como poderia ser diferente?

Muitos também fugiram durante e depois do episódio, milhares deixaram o Rio Grande do Norte como se deixassem pra trás toda uma vida, tal qual a poeira que se bate dos sapatos ao partir para sempre e assumir outra identidade. A verdade, densa como ar rarefeito, sufocava com sua solidão, silêncio legado a nós, graças à ausência dos que não seguem aqui. Como entender sem perder qualquer traço de sanidade que a partida de tantos se possa sentir como a presença inequívoca e incômoda de espectros vis, soprando em nossos ouvidos todas as evidências da culpa que sentimos simplesmente por estarmos vivos? É possível explicar que a mais absoluta ausência de ruído, a calmaria que sucedeu a tempestade, na verdade grita em nossas caixas cranianas vergonhas ensurdecedoras a respeito das atitudes e escolhas que fomos obrigados a fazer para que nós, e não outros, estivéssemos aqui?

No décimo toque do despertador, Vívian abriu os olhos como se não tivesse alternativa. Desferiu um forte golpe vertical para que cessasse de tocar, como que por vingança. Suspirou tão fundo quanto pôde e ergueu-se com desânimo, devagar, calculando bem cada movimento, lembrando que já não contava com os pequenos drops de alegria que levantaram seu astral nos últimos tempos, os providenciais comprimidos de fazer sorrir.

Um banho quente e demorado ajudavam menos a relaxar do que manter o estado de letargia por mais tempo, como numa atitude consciente de autossabotagem. Uma ducha gelada certamente a colocaria em estado de alerta. Não, não era nada disso que ela queria. Preferia manter-se em suspensão, como que perdida e incógnita em meio à pequena multidão dos que sobraram. Ansiava por se liquefazer no fluxo contínuo da rotina inconsciente pós-cataclísmica. Sonhava com uma fantasiosa combustão espontânea repentina ou ainda a evaporação rumo à atmosfera difusa destes dias cinzentos, ensolarados como quase sempre, mas nublados na alma, chuvosos de lágrimas, céu encoberto de desespero.

Vestir-se para encarar o insípido dia a dia há muito perdeu as costumeiras cores de outrora. Escolher a roupa de acordo com o humor já não faz o menor sentido, uma vez que o estado de espírito imutável, sempre em viés de baixa, não prova o estímulo necessário para colorir as indumentárias de cada dia. O mais prático era pegar qualquer roupa que servisse e repetir o processo diariamente até que não houvesse vestimentas limpas no armário.

A geladeira estava vazia, a não ser pelas garrafas plásticas de água, enchidas na torneira. Disposição para fazer compras era luxo e a frugalidade dos estoques deixou de ser uma situação temporária para converter-se em regra geral e permanente. Todas as refeições eram consumidas ou, ao menos, compradas na rua. No caminho do trabalho, um café preto sem açúcar e nada mais. Há tempos cessara o seu apetite pelo desjejum matinal, como pela vida em geral. O café amargo de tudo constituía-se uma seca alegoria dos tempos atuais.

O "Caos Natal", como ficou conhecido o fenômeno da epidemia, durou duas semanas ao todo, contando do chamado "paciente zero" até a completa erradicação do vírus, quando o último zumbi levou um tiro na cabeça, desferido por um bravo soldado do Exército brasileiro que emprestou seu braço forte e mão amiga para acabar com o problema. O herói recebeu uma medalha e as devidas homenagens com toda a pompa e circunstância numa festiva cerimônia do 16º Regimento de Infantaria, no bairro do Tirol, em Natal. Ironia que tanto o princípio quanto o fim da situação tiveram participação ativa das nossas forças armadas.

Por absoluta sorte, não tivemos a desonra de ver tudo acabar por obra e graça de um fuzileiro americano, uma vez que milhares deles desembarcaram por aqui, contribuindo decisivamente com a eficácia e celeridade da "Operação Limpeza" realizada na cidade e seus arredores. O desfecho só não foi mais rápido em razão da demora em tomar providências, da reação retardada pela falta de seriedade com que se percebeu o problema no início. Se não fosse por essa lerdeza natural (levou-se mais de um dia para que o Ministério da Defesa convocasse uma reunião de emergência e nomeasse uma comissão gestora de crise), surgida do descrédito inspirado pela surreal situação, a epidemia teria sido erradicada em bem menos tempo. Talvez em uma semana, caso o contra-ataque tivesse sido imediato, ou, até menos, se o governo brasileiro tivesse aceitado a sugestão dos norte-americanos de bombardear a cidade com explosivos de alto poder destrutivo, capazes de varrer todo o perímetro urbano de qualquer infectado, bem como de todas as outras formas de vida, é bem verdade.

Caso tivesse sido esse o desfecho do fenômeno, rápido, repentino, grandioso, pirotécnico, Vívian não levaria suas olheiras de Capitu, irreversivelmente ressacadas, guardiãs de um insistente olhar de desdém, para passear de carro até o trabalho. Seus olhos, em conjunto com as sobrancelhas arqueadas, a testa franzida e um semi-quase-meio sorriso de lado imprimiam em seu rosto a expressão de que já não cultiva sentimentos de doçura e afeto com relação ao mundo à sua volta. Aliás, um bom leitor de fisionomias poderia ver em seu rosto a vontade de que tudo tivesse ido pelos ares em um belo cogumelo atômico.

Aos 21 anos, Vívian trabalhava numa distribuidora de alimentos que atendia a vários restaurantes da cidade. Os shopping centers concentravam a maior parte deles. Havia cinco grandes centros de compras na cidade quando os zumbis atacaram, três fechados e dois ao ar livre. No dia da contaminação, graças à rapidez do fluxo de informações via celulares, redes sociais e aplicativos de mensagens instantâneas, foi possível aos seguranças dos estabelecimentos trancarem todas as portas e acessos, protegendo assim, as pessoas que estavam dentro. Milhares de pessoas sobreviveram por haver se refugiado em shoppings, comido dos estoques dos restaurantes e lanchonetes por 10 dias ou mais, até que o exército começou a resgatar toda a gente. O mesmo ocorreu com os supermercados que abrigaram outros tantos sobreviventes. Graças a isso, os shoppings se tornaram símbolos da resistência dos natalenses à praga que se abateu sobre a cidade. Tornaram-se edificações cultuadas por todos, verdadeiros monumentos onde todos depositavam flores e prestavam homenagens em pequenos santuários construídos nos andares superiores e expressavam sua gratidão frequentando e consumindo em suas lojas e praças de alimentação. Desta maneira, mesmo com a população reduzida a 10% do que havia antes, o faturamento se manteve alto. O mesmo ocorreu com os supermercados, que andavam às voltas com projetos de ampliação para que eles próprios também se tornassem centros de compras equipados de serviços essenciais e acessórios a fim de atender melhor a clientela fiel.

Já os shoppings abertos despertavam medo na população ao trazerem tantas más lembranças. Ao contrário dos grandes prédios comerciais fechados, trincheiras perfeitas para esconder-se, os centros abertos foram logo dominados pelos infectados que saíram devorando a tudo (e todos) quanto podiam. Esses locais foram praticamente abandonados pela população e os dois maiores deles, na Av. Engenheiro Roberto Freire, estavam em franca decadência. O mais triste é que estes não foram os únicos espaços para os quais os natalenses viraram as costas. As praias, parques e praças, espaços ao ar livre, antes sinônimos de liberdade, de prazerosos passeios em família, agora eram evitados, abandonados, relegados a serem espaços fantasmas. O calçadão de Ponta Negra, por exemplo, andava destruído, em ruínas. Na praia que outrora fora cartão postal, os únicos movimentos eram das ondas e das línguas escuras de esgoto que lambiam a areia. Nas praças, os frondosos e verdes gramados deram lugar à vegetação seca e sem vida dos novos tempos, muito em sintonia com o ânimo dos poucos transeuntes que ousavam cortar caminho por estes espaços.

A verdade é que as pessoas simplesmente não se sentiam mais seguras nas ruas ou passeios públicos da cidade, fosse em Ponta Negra ou nos bairros mais centrais. A própria região da cidade conhecida como Plano Palumbo, formada pelos bairros mais nobres e aristocráticos da capital, simbolizavam agora a insegurança dos dias ruins, uma vez que os incidentes tiveram início na nave da Igreja Santa Teresinha, espalhando-se rapidamente pelas ruas comerciais e residenciais da elegante vizinhança. Sair às ruas de Tirol e Petrópolis nos dias em que durou o caos significava ser atacado por hordas de doentes. Era morte certa. Por isso, os membros da elite natalense que estavam na cidade nos dias em que explodiu a doença (por sorte, muitos estavam em São Paulo, na Europa ou em Miami) foram os primeiros a sentir a fúria irrefreável e pestilenta das centenas de infectados que já nas primeiras horas partiram famintos para invadir lojas, restaurantes, padarias, a morder as carnes frescas e fartas dos bem-nascidos natalenses. Fato é que hoje, mesmo algum tempo depois de controlada a doença, o Plano Palumbo não era muito popular entre os sobreviventes, pois remetia ao que de pior havia passado por ali. Como consequência, os imóveis disponíveis, outrora mais caros que em outras regiões, agora encontravam-se fortemente depreciados em seu valor de mercado.

O carro era quase novo e não tinha dificuldade em pegar. Como Vívian foi a única sobrevivente de sua família, incluindo tios, primos e avós, herdou inúmeros imóveis e automóveis. Ela também assumiu controle de todas as contas bancárias, como única herdeira, transferindo tudo para sua própria poupança e tornando-se dona de um patrimônio milionário. Porém, mesmo estando tão bem de vida material, decidiu procurar um novo emprego. Para não enlouquecer, repetia para si mesma. Temia, com certa razão, que o ócio a fizesse cair nas drogas, no álcool e, rapidamente, o vício e a vida louca ceifassem sua vida como a de tantos ídolos roqueiros que emolduravam suas paredes antes da disseminação da enfermidade: Amy, Jim, Janis. Outra possibilidade era dar um tiro na cabeça como Kurt. Afinal, agora, ela tinha uma arma, encontrada na casa do tio materno, quando vasculhava os armários no processo de inventário solitário. Usaria a arma, sem vacilar, contra as ameaças mundanas ou contra si mesma, o que melhor lhe aprouvesse.

O trajeto até a firma era tranquilo. Não havia muitos carros na rua. Após a drástica e acelerada redução populacional, a verdade é que não houve reposição demográfica, pois ninguém no mundo estava disposto a vir a Natal com medo de que o vírus zumbi ainda pairasse na atmosfera da capital potiguar. Com isso, vários dos problemas decorrentes do adensamento da população simplesmente deixaram de existir, como o trânsito engarrafado ou a superlotação dos transportes públicos. Com as vias livres, não levava mais do que 15 minutos para Vívian chegar ao trabalho. Algumas vezes, ela pegava a Via Costeira só para demorar mais, ficar mais tempo sozinha, contemplando o vazio da pista e o calçadão abandonado, os hotéis fechados (que provavelmente nunca se recuperariam da hecatombe) e a praia ao fundo, sem viv'alma, que compunham o melancólico cenário deste caminho alternativo. Tal opção nem tinha tanto a ver com a bela vista, mas sim ao fato de poder sentir-se livre dos outros seres humanos, sobreviventes que, assim como ela, seguiam em frente e esforçavam-se dia a dia para esquecer o passado. Tanto que ela nem fazia questão de retirar os óculos escuros, essenciais para conferir-lhe um filtro mais adequado para enxergar este admirável mundo novo. Com as lentes negras, via-se tudo com uma camada mais sombria, formando uma película muito em sintonia com o que se sentia no íntimo.

Difícil para Vívian era encontrar disposição para cumprir a rotina diária. Cada dia em que completava mais uma etapa de sua jornada de trabalho lhe dava a sensação de ter completado a mais hercúlea das tarefas. Isso se devia à depressão constante que irradiava de cada um dos que foram poupados. A população, que já chegara a 1 milhão, hoje não passava de 100 mil. Isso reduzia significativamente a possibilidade de uma maior diversidade social. Com isso, a metrópole provinciana tornou-se numa província propriamente dita: Natown, como brincam alguns mais cosmopolitas segundo os próprios julgamentos.

Paradoxalmente, os que ficaram experimentaram um período sem precedentes de prosperidade econômica. Não é exagero dizer que todos enriqueceram às custas do espólio dos mortos. Vívian não foi a única a ficar com tudo de todos os parentes conhecidos. Aconteceu com muita gente. Não foram poucos também os que partiram em busca dos bens de amigos, vizinhos, conhecidos, ou mesmo os que não se fizeram de rogados e partiram para saquear casas vazias ou condomínios inteiros onde não houvesse mais ninguém para reclamar a propriedade. Muitas casas foram tomadas por posseiros e nelas constituídos os seus novos lares.

Somou-se a tudo isso os planos de incentivo do Governo Federal que concederam isenções a Natal e seus habitantes de todo e qualquer imposto. O Governo Estadual e a Prefeitura da cidade, ocupados por interventores federais, fizeram o mesmo graças a generosas linhas de crédito de Brasília para tal fim. Era como um cheque em branco para desonerar os sofridos e traumatizados natalenses de qualquer tributo.

As intervenções foram necessárias em decorrência de terem perecido durante o incidente a governadora Rosilma, a prefeita Cimarla e todos os auxiliares diretos de ambas, bem como a quase totalidade da classe política da cidade. Vívian costumava referir-se ao fato, brincando consigo mesma, dizendo que até o apocalipse tem seu lado bom. Os interventores teriam que organizar as coisas e reconstruir o que fosse possível, até que os partidos políticos juntassem os cacos e pudessem organizar novas eleições. Havia muito a ser feito, a cidade estava em ruínas. O mais urgente era recolher o lixo. Carros abandonados, ferragens incendiadas, muitos cadáveres, detritos, dejetos e toda sorte de restos e sobras imagináveis enchiam as ruas. Reconstruir as vias esburacadas para que as pessoas pudessem ir a este ou aquele lugar também se mostrava prioritário. Mas a verdade é que hoje, pouco mais de três anos depois, pouco foi feito além da limpeza, recuperação de algumas avenidas principais, isenções fiscais e incentivos para que os empreendedores pudessem mover a roda da economia local, naturalmente desmantelada como tudo mais.

Entretanto, não estava se mostrando uma tarefa fácil encontrar empreendedores entre os sobreviventes. Primeiro porque estavam todos muito amedrontados para querer lidar com o público novamente. O convívio social não era uma opção de vida para muitos dos que ficaram. A acomodação resultante do enorme ganho econômico graças ao que lhes foi deixado pelos falecidos também contribuía para a leniência geral, impedindo que houvesse não só empresários, mas também gente disposta a trabalhar como funcionários em empresas estabelecidas. Para piorar a situação, o índice de suicídios andava em níveis escandinavos. A instabilidade resultante desta situação deixava inquietos os patrões, que investiam em empregados com grandes chances de serem acometidos por distúrbios psicológicos, problemas nervosos, surtos psicóticos, podendo dar fim não só às próprias vidas como assassinar os que estivessem ao seu redor.

Os assassinatos e também as chacinas, aliás, passaram a ser capítulos cotidianos da Nova Natal. Havia gente que matava colegas de trabalho ou de sala de aula para se suicidar em seguida. Tinha também os fiéis seguidores da tradição norte-americana que invadiam escolas ou universidades atirando em quem quer que lhes surgisse à frente. O esgotamento mental diante de tanta pressão sofrida durante e após o evento, no período de adaptação, fazia com que as pessoas chegassem ao limite da insanidade, explodindo em ataques de fúria homicida difíceis de conter. Tais episódios levaram até a algumas mortes acidentais, como no dia em que um segurança de shopping abateu a tiros um rapaz de mochila por desconfiar que ele estivesse armado. Após solicitar que ele abrisse o zíper e mostrasse o conteúdo e ouvir um desafiador não como resposta, atirou cinco vezes no adolescente antes de constatar que ele portava apenas um laptop e um livro.

A própria Vívian já se imaginou centenas de vezes matando colegas de trabalho, vizinhos de prédio, pedestres distraídos para depois se matar da maneira que melhor lhe conviesse. Pensou em se jogar de varandas, atirar nas têmporas, cortar a jugular, correr até a frente de um ônibus em movimento. Também já se divertiu com a possibilidade de simular a volta do surto zumbi e sair por aí atacando e mordendo as pessoas, arrancando-lhes nacos de carnes por meio de potentes dentadas desferidas até que alguém lhe matasse a tiros, pauladas, golpes de facão diretamente no crânio. Bem, seria divertido enquanto durasse.

Mas as mortes mais comuns eram as ocasionadas pelos traumas. As pessoas receavam que pudessem ser atacadas por infectados a qualquer momento e, ao menor sinal de que pudesse haver uma abordagem mais agressiva por parte de alguém, já se temia o pior. E, na dúvida, era melhor matar para não morrer. Discussões banais do dia a dia também acabavam em morte muito mais facilmente do que no passado. O esgotamento por estresse devido ao extremo da situação vivida lhes tirava a paciência e concedia um salvo-conduto para o assassinato. A proximidade com que estiveram do fim da vida também lhes animava a correr mais riscos, fazendo da morte algo corriqueiro.

Porém, a vida que restava precisava continuar e a cidade seguir em frente. Por isso, em que pese a dificuldade de devolver a economia local aos trilhos, encontrar empreendedores e trabalhadores que pudessem emprestar sua energia produtiva em favor do progresso, as autoridades não desistiam. Foi elaborado um atraente programa para trazer mão de obra de outros estados. Ainda em processo de aprimoramento, a iniciativa oferecia salários altíssimos para as mais simples tarefas como balconista, faxineiro ou pedreiro. Havia o temor de que estas ofertas generosas provocassem uma invasão de forasteiros oportunistas, arruaceiros, ladrões, todos utilizando o programa como pretexto, mas de olho nos inúmeros bens abandonados à disposição dos primeiros que viessem reclamar posse. Para estupefação geral, no entanto, o que se observou na prática foi o oposto. O temor de que o ar que se respira em Natal já não fosse tão puro quanto se alardeava antes afastava qualquer um que cogitasse vir dar com os costados por estas plagas. O pavor de que o agente ativo da infecção estivesse por aí, nos prédios, nos objetos, na água, nos alimentos, nas roupas, nas pessoas, esperando apenas o momento certo para atacar novamente e reviver o inferno que teve a ensolarada cidade como palco.

Para tentar reverter a situação claramente desfavorável, uma campanha publicitária de veiculação nacional foi criada para atrair interessados em contribuir com o repovoamento e reconstrução de Natal. O conceito da comunicação era educativo, esclarecendo que já não se corria riscos ao vir para Natal, mas também divulgando as vantagens oferecidas aos migrantes que aceitassem o desafio. Além dos altos salários, eram oferecidos imóveis próprios de alto padrão escriturados em nome deles (muitos apartamentos e casas foram estatizados em razão de não terem deixado herdeiros que pudessem reivindicá-los), isenção dos pagamentos de água, luz, gás, telefone, internet, TV a cabo, supermercado, restaurantes, enfim, toda uma vida bancada pelo governo. Também era oferecido um prêmio de R$ 100 mil como prêmio de incentivo para cada família que se mudasse para cá. Ainda assim, não se conseguia muitos adeptos ao programa. Poucos eram os bravos que aceitavam visitar, mesmo que brevemente, Natal, quanto mais mudar-se pra cidade.

Tal situação ganhava contornos absurdos e representava enorme humilhação graças ao fato de Natal sempre ter sido uma cidade turística, habituada a receber gente em grandes quantidades. Além do fator histórico também, já que o Rio Grande do Norte sempre sofreu constantes invasões de naturezas diferentes. Portugueses, franceses, holandeses, americanos, brasileiros, italianos, espanhóis, suecos. Todos tiveram seus períodos de domínio territorial, político, bélico ou econômico, usufruindo de nossos recursos, natureza, mulheres, hospitalidade e caráter dócil de brasileiros cordiais. Agora, no entanto, era preciso mendigar pela vinda alheia, clamar de joelhos, pedir que, pelo amor de Deus, as pessoas não virem para sempre as costas para este fim de mundo (que quase foi palco do fim do mundo de verdade), lembrem-se que existimos e venham até aqui contribuir com recuperação desta bela e aprazível, outrora cobiçada capital.

Se era preciso utilizar todas as técnicas de convencimento conhecidas para trazer pessoas a Natal, recorrendo a verdadeiros malabarismos retóricos para dizer que a cidade é um bom lugar para se trabalhar e... viver, sair de lá já não era tarefa tão fácil assim. Desde que o Exército fechou todas as fronteiras e acessos, os moradores precisam de autorização para viajar, que por sua vez só podia ser conseguida (quando o era) após uma rigorosa e detalhada bateria de exames, para aferir que não há nada clinicamente diferente neles. Também era preciso pagar uma taxa alta para obter acesso a outros lugares do Brasil. Mas, para outros países, era praticamente impossível sair, a não ser mediante a falsificação de documentos. Alguns blocos como a União Europeia e nações como Estados Unidos e Japão criaram sérias restrições e barreiras para conter viagens de brasileiros, temendo que a doença dos natalenses pudesse ter se alastrado para o restante do país. Potiguares que conseguiam ir para outros estados brasileiros tinham que esconder suas origens para não sofrer preconceito ou ameaça de linchamentos. Os natalenses viraram os leprosos da vez, odiados, temidos, indesejados. O pavor que eles carregassem germes zumbis era maior do que a disposição em aceitar que o incidente havia ficado para trás. O medo move o mundo.

Quando chegavam a esta ou aquela parte e não era possível ocultar sua procedência, eram submetidos a cansativos e hostis interrogatórios, novos exames, além de receberem os mais ardorosos e intensos estímulos para retornarem imediatamente para o local de origem "de onde não deveriam ter saído". A "Cidade do Sol" se viu, desta forma, convertida em um verdadeiro gueto, a exemplo dos judeus na Alemanha pré-Segunda-Guerra.

Tal situação de resistência contra os natelenses se estendia a quem viesse morar em Natal e saísse da cidade. O desconforto causado explicava em boa dose que não houvesse muitos interessados em aderir aos programas oficiais para repovoar a cidade. A maioria não se dispunha ir "nem por todo o dinheiro do mundo". Morar em Natal poderia não oferecer mais riscos à saúde, mas certamente era infeccioso. O vírus do preconceito e da rejeição que não poupa ninguém.

Durante os dias de agonia, muitos conseguiram fugir e se refugiar em outras cidades ou estados. Até hoje, dezenas de famílias se mudam clandestinamente todos os meses para a Paraíba, Ceará, Pernambuco, levando consigo a fortuna que lhes foi conferida pela morte de todos os parentes e, para terem êxito na fuga, subornam guardas de fronteiras e forjam documentos que atestem origens remotas. Esses refugiados são constantemente comparados aos africanos que chegam à costa europeia em barcos à deriva.

É importante registrar que, apesar de o preconceito do mundo se destinar a todos os potiguares, até mesmo em cidades do interior do Rio Grande do Norte, cujos habitantes compartilham com os da capital de todo sentimento de rejeição, não aceitavam por sua vez a presença dos natalenses. Em Mossoró, por exemplo, os moradores deixaram bem claro que a gente de Natal não era bem-vinda, ao organizar uma milícia para expulsar visitantes indesejados, como já haviam feito no passado para resistir aos cangaceiros invasores do bando de Lampião. Em Recife, houve uma onda de patrulhamento a fim de descobrir e desmascarar natalenses escondidos na cidade. Quando descobertos, tinham suas casas pichadas, depredadas, apedrejadas, incendiadas (com todos dentro). Isto levou os refugiados a redobrarem os cuidados e se manterem ainda mais discretos, escondidos até, alguns reclusos em porões ou cômodos dos fundos em imóveis de parentes e amigos pernambucanos. Houve relatos de uma menina que escreveu um diário nesse período, contando a experiência de reclusão forçada. Vívian não conhecia este caso, mas se soubesse, lamentaria não ter sido ela a protagonista. Simplesmente pelo fato de poder estar fora de Natal, livre daquele inferno. Estar reclusa num porão de Recife, escrevendo um diário, era fichinha perto de ter que permanecer morando na cidade mais odiada do mundo.

Vívian exercia o cargo de gerente de logística da empresa onde trabalhava. Passava a maior parte do tempo no escritório, localizado no primeiro andar do armazém que mantinha os alimentos a serem distribuídos para os restaurantes, lanchonetes e mercados de todos os tamanhos. Sua função era aferir as quantidades de suprimentos encomendadas pelos varejistas e demais estabelecimentos, ordenar os pedidos e determinar que as equipes de entrega executassem seu serviço o mais rápido possível. Era organizada, esperta, eficaz, dedicada ao trabalho. Logo foi promovida a gerente, mesmo absolutamente contra a sua vontade. Tudo o que ela queria no trabalho era uma rotina que a resgatasse dos subterrâneos do seu subconsciente, redemoinho sangrento que em movimentos incessantes enlouqueceria seu cérebro caso escolhesse o ócio como companhia.

No emprego, procurava não chamar a atenção de ninguém. Os protocolares “bom dia” e “boa tarde” eram praticamente as únicas palavras trocadas com os colegas de empresa que não tivessem relação direta com sua função. Tentava passar despercebida aos demais, fazer-se "não notar", ser discreta, silenciosa, enfim: invisível. Não conversava, não ria. No máximo, um meio sorriso para evitar maiores constrangimentos e antipatia, o que acabaria chamando a atenção de outra forma. E nunca, nunca mesmo, bajulava o chefe. Acreditava que, com discrição e indiferença, seguiria sendo ignorada. Gostava de imaginar-se como um apêndice da firma: ficava ali no meio e era melhor que ninguém percebesse, pois o órgão só costuma despertar atenção quando inflama e precisa ser extraído. Sua estratégia, porém, deu errado. Ao pensar que só bajuladores teriam vez com a chefia, mostrou desconhecer o patrão que não ligava muito para funcionários babões, sentindo até mesmo certa ojeriza a eles. Vívian, pelo contrário, logo o impressionou positivamente. Nunca se distraía de suas tarefas e cumpria seus deveres rigorosamente.

A partir daí, o que deveria ser apenas um passatempo para dissuadir sua mente sequelada das constantes ideias de suicídio, evitando que se jogasse do oitavo andar ou apertasse o gatilho contra algum órgão vital, passou a ser uma bem-sucedida carreira. Nos últimos meses, ela até ganhara um assistente. É claro que gerente de logística estava bem distante da carreira de psicóloga que estava prestes a seguir. A hecatombe zumbi aconteceu um mês antes da formatura. Ironia: a profissão que escolhera antes do fenômeno a levaria a ter contato próximo com as pessoas, ajudando-as a lidar com seus tormentos mais íntimos. Hoje, dava graças ao seu destino por tê-la colocado numa função burocrática em que a maioria das relações interpessoais se davam por meio de um computador. Com a chegada do subgerente, inclusive, ela não precisava mais sequer ir às reuniões de prospecção de novos clientes. Era o seu fiel escudeiro recém-chegado, braço direito, chamado Aurélio, que ia em seu lugar, representando a empresa.

Aurélio era o melhor assistente que alguém poderia ter. Disciplinado, competente, ágil, nada intrometido e de agradável convivência. Percebia a demanda pelo silêncio de sua superiora e ficava quieto a maior parte do tempo. Tal atitude o fez ganhar muitos pontos com Vívian, que acreditava no princípio que jamais conseguiria dividir um mesmo espaço de trabalho com ninguém. Por isso, resistiu à ideia da direção de dar a ela um assistente, mas quando o senhor Praxedes se mostrou irredutível, deixando claro que se tratava de uma decisão tomada, solicitou que, pelo menos, o novo funcionário trabalhasse em outra sala. Como resposta, mais uma negativa. O patrão explicou que não seria possível, uma vez que o novo cargo seria criado justamente para dar suporte a ela.

Era Vívian mais uma vez sendo vítima da própria competência. Se o seu trabalho bem feito fez com que se tornasse gerente, seu desempenho à frente do setor fez as vendas crescerem, aumentou as encomendas e o faturamento da distribuidora a ponto de fazê-la precisar de um assistente, sob o risco de não dar conta da subida no volume da demanda.

Nos momentos em que sentia o clima propício e a patroa mais receptiva, Aurélio se permitia falar. Era preciso em suas afirmações, tinha o *timing* cômico perfeito, sustentava um sorriso permanente no rosto, estava sempre bem-humorado e sabia conquistar o público. Com suas idas às reuniões de apresentação da empresa para donos de restaurantes e varejistas de alimentos, as vendas seguiram subindo. Sua simpatia, seu semblante suave e competência com que desempenhava a função, sempre seguro e profundo conhecedor dos produtos alimentícios que oferecia, escondiam o sujeito sarcástico de perigosas peçonhas que, impiedoso e mordaz, abria sua caixa de maldades e ironias sempre que retornava ao escritório. Com uma voz monocórdica, olhar superior que irradiava desdém, além de tiradas originalmente cruéis, destilava para sua chefe todo o abuso que sentia dos clientes com quem acabara de ter se reunido. Vívian se divertia com os relatos e ria como havia muito não fazia. Aurélio prosseguia, quebrando o gelo e o silêncio que costumava fazer, chegando mesmo a contagiar a gerente de logística que também tecia comentários maldosos sobre os tipos exóticos com quem tinham de conviver por dever de ofício.

O bom humor de Vívian após a chegada de Aurélio mostrava que a alvinha tatuada, a despeito de ter matado os pais e o irmão violentamente e sem grande hesitação, até que tinha um bom coração. Porque, nesse mundo complexo em que os natalenses passaram a viver, todos se mostravam como realmente eram: personalidades ricas em suas nuances multifacetadas e divididas em camadas. A praga zumbi que se abateu sobre Natal fez com que as pessoas perdessem mais do que parentes e amigos. Elas deixaram de lado certos pudores e a necessidade de ficarem fingindo o tempo todo para manter as aparências diante de uma sociedade podre e hipócrita. Agora, boa parte da sociedade apodrecia literalmente e certamente não ligaria se todos se mostrassem como eram verdadeiramente, na sua essência, nos mais profundos recônditos, no âmago de cada um.

Aurélio, por exemplo, não era apenas um jovem e bem apessoado assistente, sempre de bem com a vida. Se assim o fosse, não estaria vivo e distribuindo sarcasmo entre os que sobraram neste novo mundo. Para que pudesse sorrir hoje, foi preciso estourar algumas cabeças, esmagar muitos miolos moles que lhe surgiram pelo caminho. Quando eclodiu a crise, ele estava no setor 2 da UFRN, entre colegas do curso de comunicação. Aurélio não gostava muito do estilo de vida meio hippie da maioria dos seus colegas. Aqueles dreads nos cabelos, calças largas e estampadas, maricas no bolso, chinelos de couro e camisetas temáticas (Che, Bob, folhas de maconha) davam a ele uma sensação de estranhamento, de "não-pertencimento" irresistíveis. As falas pausadas e teorias filosóficas malucas, desprovidas de qualquer lógica, ditas em meio a interjeições como "sóóóó", "pode crêêê" ou "boto féééé" provocavam calafrios em sua espinha dorsal.

Mas nada o irritava mais do que o ambiente que aqueles "porra-loucas" (ou "tilelês", como ele também costumava chamá-los) criavam no setor 2. O que deveria ser um local de estudo, produção de conhecimento, pesquisa acadêmica e convivência da elite intelectual jovem brasileira em meio a bate-papos descontraídos e edificantes entre uma aula e outra, era na verdade um amontoado de maluquinhos sem noção, "pintas-cocô" e "patricinhas-culturais" que desfilavam com as letras do Dusouto na ponta da língua, usando suas saias enormes e coloridas. As entradas dos corredores eram adornadas por apanhadores de sonho e sempre havia narguilés jogados pelos cantos. Mas não era só isso. Como não poderia deixar de ser, a atmosfera meio esfumaçada recendia a incenso e maconha, os dois elementos que, segundo Aurélio, movimentava toda a economia "tilelê" ao lado do artesanato de Durepox.

Entretanto, foi provavelmente este ambiente inebriado de cânhamo que lhe salvou a vida. Quando a multidão faminta e monstruosa invadiu a universidade movida pela macabra larica que a acometia, foi possível correr mais do que todos os seus colegas que tinham os reflexos comprometidos pelo consumo da erva natural. Num segundo momento, em que sentia dificuldades de sair da UFRN, foi possível matar muitos colegas infectados até porque estes estavam duplamente prejudicados já que, ao se tornarem zumbis, ficavam mais lentos: imagine a vulnerabilidade de mortos-vivos emaconhados.

Aurélio conseguiu refugiar-se na Biblioteca Central Zila Mamede. Ironicamente, aquele já costumava ser o seu refúgio onde se exilava do ambiente "tilelê" do setor 2. Ele sabia que precisava fugir dali o quanto antes. Não era profundo conhecedor de histórias de zumbi, mas sabia que, num quadro de epidemia desenfreada como aquele, a única saída era procurar um lugar isolado e seguro. Até porque, era uma mera questão de tempo até que os enfermos quebrassem as portas de vidro do prédio e entrassem biblioteca adentro. Também era do seu conhecimento que precisava buscar um lugar com comida, pois mesmo que fosse possível permanecer muito tempo na biblioteca sem invasões, os que ali ficassem morreriam de fome.

A rota de fuga natural seria pelos fundos, onde havia uma pequena porta que certamente não deve ter atraído a atenção dos bichos. No caminho, encontrou uma professora, titular da cátedra de Cultura Brasileira. Ela estava em pânico. Acabara de parar o carro no estacionamento dos fundos. Logo, a possibilidade de uma fuga imediata e motorizada iluminou os olhos de Aurélio que convenceu a professora a saírem juntos no carro dela, pois ele conhecia um lugar seguro para onde a levaria. Perto da saída, um conhecido de Aurélio, Gibson, aluno de Letras, surgiu do nada e, sem muita conversa, juntou-se ao grupo. Naquele momento, valia o instinto de sobrevivência. Ao avistar Aurélio e a professora correndo tão decididos na direção da saída, seu palpite foi de que deveria ir junto.

Quando alcançaram o carro, a situação no pátio que servia de estacionamento por trás da biblioteca era de alguma correria, mas livre de portadores do vírus zumbi (ou soropositivos, como Aurélio passaria a lhes chamar mais tarde). A professora tentava abrir o carro quando um grupo de infectados apareceu, ainda a certa distância, e começou a caminhar na direção deles. Quando percebeu a professora nervosa, incapaz de acertar a chave na fechadura do carro, Aurélio ofereceu-se para dirigir. Disse a Gibson que entrasse no banco do passageiro e deu partida.

O veículo disparou cantando pneus. Pelo retrovisor, foi possível ver a professora desesperada, gritando para que esperassem por ela. Mas era tarde, ela já estava condenada a se tornar a refeição dos zumbis que a alcançaram. Gibson olhou para Aurélio e quis lhe perguntar por que ele fizera aquilo, mas logo desistiu por já imaginar a razão: a professora, mais velha que eles e insegura para lidar com uma situação tão extrema e atípica, acabaria por atrasá-los e condená-los. Mas para sua surpresa, e sem que ele perguntasse, Aurélio justificou de outra maneira: "Ela não gostava de quadrinhos. Chamava leitores de HQs de lesados e infantis". Gibson achou a justificativa plausível e ainda deu uma olhada pra trás a tempo de ver as vísceras da acadêmica voarem pelos ares em meio a um grupo de uns 10 que se banqueteavam com seus restos.

* * *

Sutilmente e de maneira totalmente inesperada, foi nascendo um sentimento em Vívian. Ela tinha cada vez mais vontade de passar mais tempo na companhia do seu desenvolto assistente, fora do escritório se fosse possível. Queria convidá-lo para jantar, tomar um vinho, uma vodka, umas muitas cervejas e transar bêbados, muito loucamente, como se não fossem estar vivos no dia seguinte, até porque, não se sabia se estariam mesmo vivos neste mundo maluco em que vivíamos. Aquela não seria a primeira relação conturbada que ela tivera. Anos antes do surto que transformou todos os sobreviventes em assassinos, ela já havia namorado um rapaz acusado de haver matado turistas estrangeiros que praticavam turismo sexual em Natal. Quis manter o namoro mesmo depois que ele foi preso, mas, por pressão dos pais, fora obrigada a terminar. No fim das contas, o garoto foi absolvido das acusações. O curioso é que ele, que se chamava Brás e era aluno de engenharia à época, juntamente com um cúmplice que também era estudante do mesmo curso e filho de um professor da UFRN, supostamente, utilizava um compasso para matar suas vítimas. Vívian sempre gostara da ideia. Guardava consigo a imagem mental do seu ex estripando gringos com a ajuda do seu instrumento de estudo.

Mas agora, depois de tantos acontecimentos, era em Aurélio que Vívian pensava quando seu carro subia a Ladeira do Sol. No topo da avenida, um hospital abandonado como tantos outros na cidade. A área de saúde era uma das mais afetadas pela crise desencadeada pela epidemia zumbi. Como os primeiros enfermos foram levados a hospitais, os médicos e enfermeiros presentes foram todos contaminados. E como o foco da doença foi nos bairros de Tirol e Petrópolis, região da cidade que abriga dezenas de clínicas, os abnegados homens de branco, tão hábeis em preservar vidas, não tiveram tanta sorte salvando a si próprios.

Com isso, o déficit de médicos e demais profissionais de saúde fazia com que a mortalidade na cidade, que já andava pouco povoada, atingisse índices altíssimos. Morria-se por quase nada, de simples infecções a gripes malcuradas. Programas de atração profissional para trazer doutores à cidade foram elaborados e colocados em prática, mas seus resultados se revelavam piores que os outros. Quando anunciou o lançamento do programa, o prefeito nomeado teve que ouvir de um repórter: "Mas o senhor não consegue atrair nem pedreiros, quanto mais médicos!".

Fato é que não era muito saudável ficar doente em Natal. Os poucos médicos que sobraram na cidade dividiam-se em um hospital público, uma maternidade, três postos de saúde e um hospital privado, além de umas poucas clínicas particulares que restaram. Utilizando o apurado senso de oportunidade que lhes é peculiar, os doutores aproveitaram para fazer talvez a única coisa que gostam mais do que salvar vidas e curar doentes: ganhar dinheiro. Não havia consulta que não custasse uma pequena fortuna ou exame que não exigisse do paciente muito desapego e amor pela vida. Os que seguiram trabalhando no serviço público só o fizeram após negociar condições amplamente favoráveis, com termos tão vantajosos e postura irredutível que fizeram a negociação beirar a chantagem. Não houve recusa do governo em atendê-los. Todos os seus pedidos e exigências foram cumpridos sem exceção. As autoridades sabiam que eles estavam com o bisturi e o queijo na mão.

O único hospital privado funcionando foi ocupado por um grupo de médicos que decidiu monopolizar o setor privado de urgências, pronto-socorro e alta complexidade. Não é exagero dizer que a empresa que geriam era a mais lucrativa da cidade e que eles concentravam as maiores rendas na Nova Natal. Estas eram as únicas opções para quem adoecia ou sofria algum acidente na cidade. Isso ou rezar.

Rezar, aliás, era expediente ao qual poucos recorriam após o incidente. Todo o caos instaurado, o cenário apocalíptico e o terror vivido não teriam acontecido se realmente existisse um Deus. Toda aquela pregação cristã, fosse católica ou protestante, não encontrava mais eco junto à população. A única doutrina que registrou algum crescimento foi a espírita, uma vez que vida após a morte andava mais em voga do que nunca. Da Bíblia, apenas a passagem de Lázaro gerava algum interesse ou discussão. Os cultos afro-brasileiros, fosse umbanda ou candomblé, estavam proibidos pelas pessoas e sofriam sérios atentados incendiários caso se tentasse realizar algum. Como a origem do vírus zumbi se deu numa cerimônia vodu no Haiti, as pessoas associavam facilmente qualquer manifestação afro a um possível novo foco de contaminação. Chegaram a criar uma associação civil chamada "Chuta que é macumba!", com a missão de fiscalizar e impedir a realização de celebrações de origem africana.

Quando estacionou o carro no estacionamento da empresa, Vívian ainda pensava em Aurélio. Sorriu consigo mesma, pois aquela não deixava de ser uma situação engraçada e inusitada. Era uma prova inclusive de o quanto ela estava mudada. Antes do incidente de três anos antes, sentia-se atraída por garotos, digamos, alternativos. Tatuados, desleixados, longas madeixas de dreadlocks, THC na cabeça, roupas largadas, muitas gírias no vocabulário e o jeitão meio-surfista-meio-roqueiro. Suas amigas até tinham uma definição para o tipo de homem que atraía Vívian: "mendigato". Ela não gostou desse nome no início, mas acabou reconhecendo que era a pura verdade. No entanto, "mendigato" era tudo o que o engomadinho Aurélio detestava e definia como "tilelê". Analisando sua vida amorosa pregressa, era fácil concluir que o melhor partido com quem se envolvera havia sido o engenheiro acusado de assassinatos em série.

Agora, ela estava apaixonada por um cara que era a antítese de tudo o que a atraía num homem, graças talvez ao bom humor cáustico e dissimulado de maldade que emanava dele, toda aquela forma de ridicularizar o mundo a sua volta com peculiar perversidade, aquele disfarce de alguém de mal com a vida, mas que no fundo quer apenas dizer umas verdades reveladoras do quão absurdamente patéticas são as pessoas. Ou então, de tanto falar o quanto os hippies são malhados, ela acabou concordando e perdendo o interesse neles, mudando o foco, deixando o posto vago para que o próprio Aurélio, companhia masculina mais frequente dos tempos recentes, assumisse o lugar, passando ele a ser o seu objeto de desejo.

Ao chegar na empresa aquele dia, Vívian percebeu um enorme burburinho. Os funcionários conversavam em diversos grupos espalhados pelo amplo galpão. Não quis parar para se inteirar. Não era algo que ela faria, dando cabimento aos seus inferiores hierárquicos. Foi direto a sua sala para saber o que se passava por meio do único subalterno que lhe importava.

– Como assim o que houve?! Você não viu o Jornal Nacional de ontem? Ah, desculpe! Esqueci que você é uma eremita que não tem conexão com o mundo. Não tem wi-fi na sua caverna, né verdade? – disparou, Aurélio, sobre o fato de que Vívian não tinha TV nem computador em casa e seu celular não tinha plano de internet.

– Os americanos, querida, parece que quando eles vieram aqui não estavam só querendo ajudar. Acabaram levando na bagagem uns pesos mortos pra fazer umas pesquisas. Aí, o povo do Wikileaks, aquele site que vaza informações dos governos, daquele Julian Assange, entregou tudo. Obama ficou tão puto que arrumou até uma acusação de estupro contra o cara. Ele está asilado na embaixada do Equador em Londres pra não ser preso – explicou ele.

– E esse povo achava que eles não iam fazer isso? Até a UFRN ficou com uns cadáveres de zumbis pra estudar.

– Minha filha, melhore! Eles levaram os mortos-vivos vivos e não os mortos-vivos mortos. Estão com 5 mil zumbis se bulindo lá na terra do Mickey. Podem estar servindo de pesquisa, mas também podem ser usados como armas numa guerra. Basta soltar meia dúzia deles num centro movimentado de uma cidade populosa que já era! Ou pior: e se eles descobrirem como isolar o vírus pra soltarem onde quiserem?

– 5 mil! Eles são loucos? Têm 5 mil bichos daqueles vivos ainda? E os malucos ainda levam pra casa? Do jeito que tem gente que não gosta deles, não vai demorar muito pra aparecer um grupo terrorista disposto a levá-los pra dar uma volta na Times Square.

– Dentro de casa, mais ou menos, né? Os hóspedes foram tudo pra Guantánamo. Porque aí *eles matam dois coelhos com uma caixa d'água só:* mantêm os infectados isolados numa ilha e ainda destroem Cuba. Comenta-se inclusive que eles estão alimentando os monstros com prisioneiros condenados à morte. Eu não duvido.

– Alguma coisa eles tão comendo pra terem vivido esses três anos. Deixa eu abrir a internet pra ler isso.

No UOL, a notícia estava na manchete principal, com várias matérias relacionadas, com representantes americanos afirmando que não violaram nenhuma norma diplomática, pois não havia legislação internacional que previsse a custódia de mortos-vivos. De fato, as leis falavam em prisioneiros ou em corpos, mas não falavam no meio-termo. Declaravam ainda que os espécimes capturados estavam sendo analisados para tornar o mundo mais seguro e impedir que surtos semelhantes ocorressem, uma vez que os médicos e cientistas americanos logo descobririam a cura. Havia também uma notícia menorzinha, com pouco destaque, falando da manifestação anti-Natal que ocorreria na Avenida Paulista no sábado seguinte. Nas redes sociais, milhares já confirmavam presença. A manifestação pediria a completa e perpétua quarentena para potiguares, além do fechamento definitivo das fronteiras do estado. Muitos defenderiam, inclusive, a "deportação" de potiguares que vivessem em outros lugares, devolvendo-os para o lugar de origem à força e imediatamente.

O movimento antinatalense crescia por todo o Brasil e outras manifestações vinham sendo articuladas em diversas capitais país adentro. Naturalmente que havia facções mais radicais que pregavam a intervenção militar, visando o extermínio completo de todos os natalenses ou qualquer um que tivesse morado lá. Estes apelavam para que os Estados Unidos fizessem algo, pediam a volta da ditadura e, quando confrontados, diziam que "Direitos Humanos só para Humanos Vivos", aludindo ao fato de que todos os potiguares estariam infectados com o vírus zumbi. Eram esses grupos mais extremos que chegavam a se organizar em milícias, promovendo linchamentos de natalenses e a posterior incineração dos corpos para que morressem também os germes da doença maldita. Quando não se praticava violência, havia a intimidação. Em casas ou condomínios em que morassem natalenses, pichações com o símbolo biológico de infecção e palavras fortes exigindo que eles fossem embora para sua terra infernal de onde não deveriam ter saído. Em pelo menos três capitais, uma organização paramilitar chamada "Grinch" atuava caçando natalenses. O apoio da opinião pública à sua atuação clandestina ainda era pequeno, mas crescente.

* * *

Ao empreenderem fuga, a estratégia de Aurélio era a seguinte: passariam por um supermercado, comprariam tudo o que pudessem carregar e levariam para sua casa. Escolheu o Nordestão da Roberto Freire que, além de próximo à UFRN, era vizinho a sua casa, no bairro de Cidade Jardim. Gibson discordou. O Nordestão da Roberto Freire era muito próximo do local de onde eles estavam fugindo naquele exato instante. Se fossem pra lá, não teriam chance, pois logo a horda de doentes entraria pela porta da frente. Também não adiantaria tentar resgatar os parentes, uma vez que ele morava tão perto do foco de contaminação. O melhor a fazer, portanto, era partirem para um supermercado distante, como o Nordestão da Maria Lacerda, por exemplo, fazerem as compras lá e se esconderem em sua casa que ficava em Nova Parnamirim. Ou melhor, eles pegariam os suprimentos e iriam para Pipa esperar passar a confusão. No caminho, tentariam ligar para os familiares a fim de alertá-los do perigo e orientar que fugissem imediatamente.

Quando já faziam a última curva para deixar a universidade e seguir pelo bairro de Cidade Jardim, Aurélio percebeu dezenas de pessoas correndo de um lado para o outro, descontrolada e desesperadamente. Havia perseguidores vacilantes, um pouco lentos, mas determinados a alcançá-los. Concluiu que Gibson estava certo e que o melhor era ir pra longe dali. Soube naquele momento que, se fossem para sua casa, que dividia com os pais e a irmã, seriam infectados, pois aquela região da cidade era a próxima a ser atacada pela multidão inanimada. O bairro onde ficava sua casa estaria perdido em questão de minutos e era possível que a própria rua onde morava já estivesse repleta de doentes. Era preciso ir bem longe dali o mais rápido possível. Talvez desse tempo de avisar os pais e a mana. Enquanto dirigia e já seguia rápido no sentido de Ponta Negra, sacou o celular e ligou para o pai. Tocou, ninguém atendeu. A apreensão se fez presente. Clicou agora nos números que indicavam o aparelho da mãe. Desligado. O coração de Aurélio acelerou angustiado. Tentou a irmã. Tocou, do outro lado, Ana atendeu: "Alô...". E a ligação caiu. Um misto de esperança e medo tomou conta de Aurélio. Sua irmã estava viva. Pelo tom de voz, estava bem e talvez nem tenha tomado conhecimento do problema por que passavam. Mas até quando? Durante todo o trajeto até a Avenida Maria Lacerda, ele tentou completar uma nova chamada. Em vão. Falhas provocadas certamente por congestionamento de linhas impediram qualquer comunicação dali em diante.

O alento era que Aurélio e Gibson conseguiram parar o carro da professora no estacionamento do Nordestão da Maria Lacerda e o bairro ainda parecia alheio ao que ocorria a alguns quilômetros dali. A ordem agora era correr, encherem o porta-malas e o banco de trás com tudo o que pudessem levar e sair em disparada para Pipa. Precisavam focar em itens essenciais como água, produtos prontos para o consumo (para o caso de escassez de eletricidade ou gás) e comida pré-pronta. Apressaram-se o quanto puderam e, em menos de 20 minutos, já estavam na fila do caixa.

Para surpresa de ambos, no entanto, os alto-falantes anunciaram que a loja seria fechada a partir daquele momento para a segurança de todos, em razão de distúrbios que ocorriam na cidade. Ninguém poderia entrar na loja e, quem quisesse sair, teria que fazê-lo nos seguintes 5 minutos, pois todos os acessos seriam trancados até que a situação externa se acalmasse. A reação dos clientes foi de enorme surpresa. Muitos se apressaram para ir embora da loja rapidamente, amontoando-se nas saídas. Se Aurélio e Gibson também tentassem sair, corriam o risco de ficar presos num engarrafamento na saída. Gibson olhou para o amigo e disse: "Se é pra ficarmos presos, que seja num lugar cheio de água e comida".

* * *

A educação foi outra área mortalmente atingida pela crise que se seguiu aos incidentes de 2009. Primeiramente, por uma razão tão triste quanto terrível: poucas crianças e adolescentes sobreviveram. Os primeiros foram presas fáceis, bem como suas famílias, que se tornavam mais lentas ao ter que transportar e proteger os infantes. Já os adolescentes foram irremediavelmente vitimados por seus próprios hormônios, sempre à flor da pele, prontos a lançá-los rumo às mais inconsequentes e imprevisíveis aventuras. Pereceram por terem resolvido encarar os revividos ou por terem empreendido uma fuga desordenada, guiados unicamente pelo impulso, e tamanha falta de planejamento acabou por fazê-los encontrar com grupos de zumbis famintos.

Outro fator que contribuiu para a quase completa extinção de crianças e adolescentes foi a reunião de grande parte deles nas escolas, no momento mais crítico da contaminação. Pelo mesmo motivo, muitos professores caíram. As escolas foram facilmente invadidas por contaminados e a fartura de vítimas que lhes servissem de alimento com suas tenras carnes esperando serem mordidas atraíram multidões de monstros aos muitos institutos natalenses.

Por tudo isso, a atividade de professor, antes tão estimulante, um sacerdócio encantador, tornou-se a mais deprimente da cidade. Simplesmente porque não havia alunos suficientes para ocupar as salas de aula. É que, além de quase todos terem morrido, as famílias que conseguiram salvar seus filhos foram induzidas pelo trauma a não matriculá-los em nenhuma instituição. Eles passaram a ser educados em casa, pelos próprios familiares ou em cursos regulares online.

Os poucos que eram matriculados em escolas o faziam por falta de opção, carregando consigo as inconfundíveis e permanentes marcas do que vivenciaram. Olheiras de sofrimento, semblantes carregados, eventuais sorrisos tristes e um fio de voz que saía espesso, sem força, denotando certa dificuldade em se expressar. Iam à escola porque os pais não tinham com quem deixá-los durante o horário de trabalho. Só por isso. Ir à aula para eles representava, portanto, um pesadelo, um suplício, exigindo dos professores esforços sobre-humanos para tentar, um pouco que fosse, motivar seu público.

Também não havia muitos professores remanescentes em Natal, o que fez com que muitos alunos universitários tivessem atendido o apelo para ocuparem tais postos. Gibson foi um deles. Estudante de Letras, arrumou emprego como professor de Português e Literatura numa escola de elite da cidade, uma das poucas que conseguiu se reerguer após a tormenta. As turmas tinham entre 5 e 8 alunos. Era o que se podia fazer dadas as atuais circunstâncias. Inclusive, Gibson, apesar dos insistentes apelos da diretoria para que interagisse mais, tornasse as aulas mais dinâmicas, apelasse para o humor, se preciso fosse, deixava-se dominar pela letargia reinante e contaminava-se pela melancolia dos alunos, lecionando tal qual um, com perdão da palavra, zumbi.

Gibson era constante e paradoxalmente preenchido com um enorme sentimento de vazio. Naquele início de tarde, por exemplo, preferia que os novos vazamentos do Wikileaks fossem verdadeiros e que os americanos estivessem, de fato, planejando bombardear Natal com armas químicas ou mesmo uma bomba atômica capaz de acabar com a vida num raio de 10 quilômetros além da cidade. Aquela era a segunda revelação grave em poucas horas. Primeiro, havia vazado a história dos 5 mil zumbis cativos em Guantânamo alimentados com prisioneiros árabes condenados à morte.

No caso dos zumbis cativos, a despeito da enorme repercussão negativa junto à comunidade internacional e da reunião de emergência do Conselho de Segurança da ONU que recomendou a imediata incineração de todos os zumbis, os Estados Unidos tiveram que admitir, ressalvando, porém, que o fizeram pelo bem maior da humanidade, que as pesquisas realizadas salvariam milhões de vidas, além de prevenir que outro caso como o de Natal ocorresse novamente. O relatório final do Conselho acusava os Estados Unidos de possuírem algo extremamente perigoso que eles não podiam dominar.

Mas sobre a possibilidade de bombardeio da grande Natal, as negativas foram veementes, mesmo com as evidências apresentadas pelo Wikileaks. O site descobriu conversas cifradas (e traduzidas), detalhando os estudos sobre a capital do Rio Grande do Norte no período pós-tragédia. Eles sabiam tudo a respeito da cidade: demografia, regiões mais densamente povoadas, correntes de ar que poderiam levar radiação, todos dados preciosos para lançar mísseis de destruição em massa. Um documento vazado, inclusive, indicava que a primeira bomba seria jogada no cruzamento das avenidas Prudente de Morais com Bernardo Vieira.

* * *

Aurélio e Gibson decidiram ficar. Os 5 minutos oferecidos pelos alto-falantes seriam insuficientes para carregar o carro e partir. Dadas as opções, no entanto, até que não era má ideia permanecerem, pois se o fenômeno presenciado por eles na UFRN fosse mesmo uma hecatombe zumbi, uma das táticas recomendáveis era o confinamento prolongado em local seguro e bem-guarnecido.

Portanto, nenhum lugar ofereceria tais condições como uma loja da melhor rede de supermercados da cidade, ainda mais num bairro periférico. Mesmo em meio à correria e ao desespero que embotavam a capacidade racional de fazer escolhas, aquela parecia ser uma decisão correta e acertada, tomada à luz dos fatos, de maneira ponderada, após certo tempo de reflexão. Hoje, Gibson sabe que aquela foi uma péssima escolha e que melhor teria sido se eles tivessem ido diretamente para Pipa ou ainda mais distante, mesmo sem um pacote de bolacha e garrafinha de água mineral sequer, pois lá eles estariam seguros de verdade e o mesmo cartão de crédito que passaria no Nordestão, funcionaria na praia turística. Como a notícia se espalhou rápido, as autoridades conseguiram isolar a grande Natal de outras localidades. A epidemia nunca chegou a Goianinha, Tibau do Sul ou Pipa, ficando restrita a alguns municípios vizinhos cuja conurbação já os havia unido a Natal definitivamente, como São Gonçalo e Parnamirim.

Com o tempo, inclusive, todo o litoral sul do Rio Grande do Norte foi declarado como território paraibano, pois tantos destinos turísticos não poderiam ficar sem administração. Com o litoral norte, ocorre o mesmo, mas sob gestão do Ceará. Se tivessem ido a Pipa em vez de permanecido na loja, cedendo à fartura fácil dos estoques do gigante varejista, Aurélio e Gibson não teriam passado por tudo que veio em seguida.

Os dois amigos eram, talvez, os únicos dentro da loja que tinham alguma ideia do que se passava lá fora. Todas as outras centenas de pessoas ali, presas entre os caixas e as gôndolas, ignoravam completamente a natureza e magnitude do fenômeno fantástico que ora ocorria no exterior da loja. Possuíam apenas fragmentos, peças que não se encaixavam, cacos de informações recebidas antes do colapso da telefonia móvel e internet. O gerente e os seguranças da loja receberam a ordem da superintendência de que todas as lojas deveriam ser fechadas imediatamente para a segurança de todos que estivessem dentro, sem maiores detalhes, pois não havia tempo para tal. O aviso original que motivara a determinação viera da loja de Tirol, era tudo o que se sabia. Em todo caso, se as pessoas que estavam lá dentro soubessem a verdade, as consequências eram imprevisíveis, uma vez que apenas por saberem vagamente que algo não corria bem lá fora, já foi suficiente para fazê-los entrar em desespero.

Cogitaram tratar-se de uma série de arrastões pelos comércios próximos, uma manifestação que resultara em confronto com a polícia (embora muitos estranhassem uma manifestação tão longe do centro), ou algum acidente envolvendo a explosão de um botijão de gás em um restaurante perto da loja. Caso imaginassem estar ocorrendo uma infecção mortal em massa e que, muito provavelmente, todos os seus parentes e amigos seriam vitimados, a agitação viraria pânico e muitos tentariam fugir a qualquer custo, numa tentativa inútil de salvar os entes queridos, talvez destruindo vidraças ou quebrando as portas que os mantinham em segurança até o momento, protegendo-os das ameaças da avenida lá fora.

Aproveitando-se das informações privilegiadas de que dispunham, Aurélio e Gibson trataram de preparar-se para ficar muito tempo dentro do supermercado. Enquanto os clientes e funcionários se aglomeravam próximo à saída, impedidos de irem embora pelos seguranças e gerente da loja. As ordens recebidas eram claras: ninguém deveria sair em hipótese alguma. E todas as portas deveriam ser fechadas, trancadas e travadas até segunda ordem.

Nos fundos da loja, num dos cantos, uma infinidade de carrinhos carregados começava a se acumular. Formavam uma barreira que encobria uma grande barraca armada, extraviada da seção de camping. Também de lá, trouxeram colchões, fogões portáteis, churrasqueira, carvão, facas e espetos de todos os tamanhos. Juntaram ainda muitos isopores cheios de carne, peixe e bebidas, com bastante gelo para conservar tudo. No momento, seguiam recolhendo mais produtos: alimentos industrializados e toda a água mineral que fosse possível para poderem passar muitos dias dentro da loja. Para isolar ainda mais o perímetro onde armaram a barraca, empilharam caixas pesadas, contendo móveis e objetos grandes, ao redor, edificando uma fortaleza improvisada, reforçada ainda mais com prateleiras altas. Os dois parceiros tentavam agir rápido e o mais discretamente possível, de forma a não chamar a atenção de ninguém que pudesse desconfiar da movimentação estranha ou atrapalhar seus planos.

Aurélio sabia, no entanto, que, em algum momento, a multidão concentrada na parte da frente da loja se estabilizaria de alguma maneira e acabaria deitando olhos sobre eles. Era preciso tomar uma atitude de autodefesa preventiva, evitando alguma disputa futura. Se a situação de confinamento durasse muito tempo, haveria disputa por suprimentos e, possivelmente, até pelo comando do local. Que chance dois estudantes universitários nada atléticos teriam contra dez seguranças armados e mais de duzentos funcionários que conheciam a loja como a palma da mão? Só havia um caminho para resolver aquele impasse, mas para obter a adesão de Gibson, ele não podia contar toda a verdade. Porém, de uma coisa ele precisava saber: "Precisamos de uma arma!".

* * *

Vívian procurava realizar seu trabalho de forma quase autômata, com rigor militar, eficácia germânica, pontualidade inglesa, ao melhor estilo "missão dada é missão cumprida". Listava as tarefas do dia e procurava dar conta de todas com método, organização e sem distrações. Trocava e-mails com os clientes, marcava reuniões para as quais mandava Aurélio representando a distribuidora, preenchia planilhas com nomes e números que registravam o crescimento da empresa, superando inclusive as metas que ela própria havia estabelecido, sempre acima das que a diretoria lhe passava.

Mas naquele dia, algo distinto estava acontecendo. A concentração não estava 100% eficaz e nem mesmo a Ritalina que sempre tomava a caminho do trabalho lhe restituía o foco. Havia muito tempo, desde o apocalipse regional vivido, que ela não tinha interesse por nada nesse mundo. Ou ninguém. Qualquer um que ela tivesse amado um dia, hoje não passava de lembranças envolvidas na névoa do esquecimento ou na *desimportância* relativa. Uma espécie de defesa orgânica estimulava a memória seletiva, fazendo com que ela, na maioria do tempo, não lembrasse dos pais ou do irmão, que ela própria havia matado, ou do namorado, de quem nunca tivera notícias e sobre quem imaginava mortes terríveis, logo após os incidentes. Hoje, praticamente não pensava neles. E quando alguma centelha de lembrança triste ameaçava acender-se em sua mente, os remédios ajudavam a apagá-la.

Era Aurélio que não lhe saía da cabeça neste atípico dia. Desejava mais do que nunca prolongar suas conversas para além do expediente de trabalho, num ambiente mais informal, quem sabe na sua casa, tomando um vinho ou umas muitas cervejas para impressioná-lo, mostrando que, além de uma garota durona, sobrevivente de um holocausto zumbi, ela é também boa de copo, sendo etilicamente párea pra qualquer homem, ou como costumava dizer antes daquela desgraceira toda: "Não abro nem *prum* trem!". E os pensamentos em Aurélio não se limitavam às amenidades dos sorrisos cúmplices, risadas espontâneas, diálogos prazerosos. Evoluíam para trocas de olhares mais demorados, toques mal-intencionados, um beijo roubado, roupas tiradas com pressa e avidez, como agem os amantes clandestinos, terminando, invariavelmente, com ela e Aurélio transando de todas as maneiras que se possa imaginar. Sua preferida, e na qual demorava mais tempo dedicando devaneios, era ver a si mesma sobre o colega, rebolando de vez em quando para observar o rosto dele se contraindo de prazer, ela aos gritos evoluídos de gemidos intensos, concluindo o ato em meio às contrações, espasmos e suor de ambos, num gozo simultâneo e arrebatador, exaustivo e inebriante.

Tudo o que ela queria era poder se entregar a Aurélio daquela forma, por completo, precisava um meio para alcançar este objetivo. Tinha que marcar um jantar e depois arrastá-lo pra casa, onde puxaria sua nuca de forma que ele mergulhasse o rosto em seus seios. E com a outra mão, seguraria seu pau para certificar-se se estava sendo correspondida. E se fosse, baixaria seu zíper para mostrar que, apesar de não ser muito de falar, sabia muito bem usar a boca.

De súbito, despencou do seu sonho acordado, quando já se masturbava deliciosamente na solidão de sua sala, graças ao som estridente do telefone. Era o sr. Praxedes perguntando por Aurélio. Disfarçando a voz, para não soar ofegante, respondeu que Aurélio não estava. Tinha ido a um supermercado para fechar um novo acordo com mais uma rede de lojas. A calcinha úmida transbordava viscosidade para a calça e o estofado da cadeira de trabalho. Sua mão, ainda lambuzada pela imersão mental libidinosa que acabara de ter, teve que ser limpa na roupa que usava. O senhor Praxedes ficara satisfeito. Supermercados eram clientes melhores que restaurantes, por causa do volume de pedidos que faziam. Para deixá-lo ainda mais feliz, Vívian repetiu a notícia num eco promissor: "Pois é. Ele não está. Foi fechar mais um contrato com um novo cliente, uma rede de supermercados".

Os supermercados se parecem entre si, pensava Aurélio sempre que o trabalho o obrigava a ir até um desses estabelecimentos. Os itens de primeira necessidade são posicionados numa zona que obrigue os consumidores a passarem por um sinuoso trajeto de supérfluos industrializados até chegarem a eles. Infelizmente para Aurélio, estes não eram os únicos pensamentos que povoavam sua mente sempre que se dava conta de que todo supermercado era igual. Havia mais a lembrar e a tentar esquecer.

* * *

É incrível a facilidade com que se pode perder o controle de uma multidão. Deve ser por isso que encontramos uma enorme quantidade de livros sobre liderança e como comandar uma equipe, dadas as dificuldades em manter sob controle um grupo de pessoas unidas pelas circunstâncias, sejam de natureza corporativa (uma empresa) ou geográfica (uma cidade ou vizinhança). No caso do Nordestão, bastaram algumas horas para o caldeirão entrar em ebulição. Centenas de pessoas discutiam asperamente com os seguranças e o gerente da loja. Uns queriam sair, ir embora, voltar para suas casas e saberem o que, de fato, aconteceu lá fora. O grupo de homens armados, por sua vez, não permitiam que eles partissem, ameaçando recorrer inclusive ao uso da força, caso algum deles ameaçasse forçar a saída. "Mas, por quê?", as pessoas perguntavam. Mulheres choravam, implorando para que as deixassem sair, voltar para suas famílias, maridos e filhos que ficaram do lado de fora. Homens exigiam, cada vez mais enfáticos, que os deixassem ir embora.

Alguns que se encontravam ali, antes que os celulares parassem de funcionar, conseguiram colher pedaços de relatos desesperados de parentes ou amigos, que contaram de maneira um tanto nebulosa sobre ataques e invasões violentas. A versão mais aceita dentre as muitas histórias cogitadas supunha um ataque em massa do PCC (Primeiro Comando da Capital), organização criminosa que estendia seus tentáculos sobre o estado. Não se sabia ao certo por que eles teriam escolhido Natal para promover essa ação, esse *flashmob* do crime, mas imaginava-se que as ordens houvessem partido de dentro dos presídios potiguares.

Aurélio e Gibson gostaram dessa versão e ajudaram a espalhá-la com alguns acréscimos estratégicos. Contaram para as pessoas que alguns funcionários do supermercado foram cooptados pelo PCC, sobretudo os seguranças e o gerente. Os clientes e funcionários que não estivessem envolvidos na trama seriam mantidos reféns e trocados por um resgate em dinheiro que, caso não viesse, provocaria a morte de um refém a cada hora a partir do amanhecer seguinte. Os próprios seguranças matariam os reféns e jogariam na calçada para pressionarem a opinião pública.

Com sua história convincente, Aurélio conseguira transformar o que era medo e apreensão em pânico e terror. Dentre as centenas de pessoas, diversos grupos começaram a tramar maneiras de sair dali, inclusive tomando as pistolas dos guardas e as chaves do gerente para forçar uma saída.

Alguns funcionários do supermercado demonstravam grande insegurança e confusão. Afinal, já passavam das 20h e eles estavam presos na loja havia pelo menos 8 longas horas, sem sequer saber o motivo. O caos começou a se formar lá dentro de uma forma que só não se equiparava ao que ocorria lá fora, em que pese a ignorância de quase todos ali com relação ao que ocorria no exterior. Aurélio e Gibson, temerosos que alguém pudesse tomar posse de sua fortaleza improvisada nos fundos da loja, resolveram se dividir. Gibson guardava a "propriedade", enquanto ele tentaria arregimentar um grupo de homens dispostos a esvaziar a loja, permitindo que todas as pessoas que quisessem saíssem, conforme desejavam. Segundo Aurélio, quanto menos gente permanecesse ali dentro, maiores as chances de eles sobreviverem. Para guardar o perímetro e proteger seus suprimentos, Gibson se armou com facas de churrasco e estiletes. Lembrou-se de um primo que fora preso uns sete anos antes acusado de matar estrangeiros com um compasso. Em homenagem ao primo, trouxe um compasso da seção de papelaria da loja.

Por volta das 21h, Aurélio já exercia sua influência sobre um grupo de três homens, comunicando que o PCC tinha planos para eles e que a única forma de salvar todas aquelas pessoas era anular as forças de segurança que os impediam de sair, tomando suas armas para forçar uma fuga. Um dos homens disse que era eletricista e que, no momento em que impediram todos de sair, ele estava justamente fazendo um serviço na loja. Sabia onde ficava a chave de força e poderia deixar a loja no escuro, melhorando as chances deles surpreenderem algum guarda. Outro rapaz, forte, com jeito de fisiculturista, disse que havia um grupo de funcionários que estava organizando uma fuga clandestina por uma porta lateral e que muitos clientes os acompanhariam. Eles só estavam com medo de os seguranças impedirem por ordem do PCC. Aurélio sorriu, como se os acontecimentos estivessem conspirando a favor do seu plano. "É isso que precisamos fazer: ajudar essas pessoas a conseguirem chegar a essa porta sem que os seguranças atrapalhem." O terceiro membro do grupo, um homem um pouco mais velho, de uns 45 anos, declarou: "Homi! A gente tem é que ir junto! Como é que a gente vai conseguir, nós quatro, segurar dez seguranças armados? O único jeito é correr todo mundo pra banda dessa porta e torcer pra não pegar nenhum tiro na gente." Aurélio ficou pensativo, mas foi resgatado do seu raciocínio quando o rapaz com pinta de atleta falou: "Eu sou barman. Coloque uma garrafa na minha mão que eu acerto onde você disser". Semicerrou os olhos, deu um leve risinho de canto de boca e decretou, visualizando todo o plano que colocariam em prática: "Agora, eu vi vantagem!".

O gerente da loja, senhor Genibaldo, ocupava o cargo desde a inauguração. Sempre fora um funcionário exemplar, incapaz de descumprir qualquer que fosse a ordem dada pela superintendência da rede ou pelos donos, seus patrões. Mas naquela noite, precisava abrir uma exceção. Ainda mais porque havia mais de 6 horas que não conseguia contato com ninguém, nem com a superintendência nem com os gerentes de outras lojas. Seus funcionários, fiéis escudeiros de todos os dias, na batalha diária que é abrir, manter a ordem e fechar uma loja daquele porte, já se encontravam exaustos e muito assustados. Afinal, ninguém conseguira explicar direito o que estava se passando lá fora e nem ele sabia a razão para estar prendendo todas aquelas pessoas ali dentro "para a própria segurança delas".

A repetição incessante da justificativa foi perdendo convicção com o avançar das horas. Agora, porém, ele chegara à conclusão de que precisava liberar todos, tanto os seus funcionários como os clientes. E, claro, ele próprio precisava ir pra casa, pois também tinha família, uma mulher e três filhos queridos. Foi com esse intuito que convocou uma reunião na sala da gerência com os seus seguranças, às 22h. Quando falava aos presentes que aquele havia sido um dia estranho, mas que era hora de dar um fim àquilo, liberando todos para irem pra casa, um breu completo tomou conta do ambiente. Alguém comentou: "Era só o que faltava!". Seu Genibaldo não se deixou abater: "Vamos logo embora, todo mundo! Usem as lanternas de vocês pra guiarem as pessoas até as saídas. Depois, vamos fechar as portas e ir pra nossas casas também. Vâmo, vâmo, vâmo!", e bateu palmas incentivadoras.

Quando saíram da sala da reunião, perceberam que, apesar de a loja inteira estar no escuro, alguns fachos de luz vindos de cima de uma prateleira iluminavam justamente a saída da sala onde estavam reunidos. Não tiveram muito tempo pra pensar no assunto, pois uma garrafa de uísque atingiu em cheio a cabeça de um deles. Diante do companheiro caído, certamente morto com afundamento de crânio, os outros sacaram as armas e apontaram para o clarão. Antes que pudessem atirar, porém, uma garrafa de vodka espatifou-se na testa de outro deles, fazendo-o cambalear e desabar pesadamente no chão. A luz que vinha de trás das prateleiras se apagou e eles começaram a atirar a esmo. A multidão presente na loja começou a gritar amedrontada.

De repente, o grupo de guardas foi iluminado por quatro fachos de luz vindos do alto de gôndolas distintas. Encandeados pela luminosidade das lanternas de LED, não tinham como ser precisos em seus disparos. O barman fisiculturista, pelo contrário, foi fazendo tombar um a um os guardas. O plano de Aurélio funcionara à perfeição. Eles posicionaram diversas escadas atrás de várias gôndolas. Após o eletricista desligar as luzes da loja, cada um subiria numa dessas escadas e seguraria uma lanterna em direção aos seguranças de forma a confundi-los e atrapalhar sua visão. O resto ficaria por conta da pontaria do garçom musculoso que, aliás, havia falado a verdade: todas as garrafas tiveram endereço certo. O último a cair fora o seu Genibaldo, vitimado por um litro de aguardente.

Aurélio e seus três cúmplices recolheram todas as armas e chaves dos seguranças, e o eletricista do grupo religou as luzes da loja. Os quatro homens partiram para a saída lateral onde se encontravam as centenas de pessoas que tentariam fugir da loja. Foi pra lá que todos correram quando ouviram os tiros. Ao verem se aproximar um bando armado, pensaram logo se tratar de bandidos do PCC. O desespero foi geral, até que Aurélio falou: "Calma! A gente só quer assegurar que todo mundo vai conseguir sair em segurança". E completou: "Eu apenas quero ficar com a chave pra poder trancar por dentro depois que vocês saírem!".

Os quatro "revolucionários" conseguiram conduzir todas as pessoas até a saída. Antes que trancassem a porta, o mais velho do grupo perguntou a Aurélio: "Por que a gente não vai embora também? Eu tenho família lá fora igual a todo mundo".

– Lá fora não é seguro. Se a gente sair, vai encontrar um cenário impossível de fugir – disse Aurélio.

– Eu acho que você está escondendo alguma coisa! – replicou o senhor.

– Eu estava lá fora quando tudo começou. Eu vi. Não tem esquema nenhum com o PCC. Na verdade, tem uma doença que está matando todas as pessoas. Se a gente sair, a gente vai morrer também – Aurélio precisou revelar.

– Então, você mentiu pra gente! – disse o eletricista, entrando na conversa.

– Se você estava lá fora quando a doença se espalhou, como é que eu sei que você não está doente também? – indagou o mais velho.

– Eu não confio num cara que mente pra me convencer a matar pessoas! – disse o barman bom de pontaria.

– Eu menti pra salvar a gente! Vocês não percebem não? – tentou argumentar Aurélio.

– Outra coisa: o que são aquelas tralhas que você tá juntando lá no fundo da loja. Pensa que eu não vi? E cadê aquele seu amigo que fica lá com você? Pode me passar seu revólver e ir explicando tudo pra gente! – o coroa começando a representar o ameaçador papel de líder daquela comunidade de sobreviventes, tudo o que Aurélio não queria.

Todos apontavam suas pistolas pra Aurélio que já estendia o seu pra entregar ao coroa, rendendo-se definitivamente. Foi aí que o fortão engasgou-se ruidosamente, esbugalhou os olhos e caiu pra frente, tendo sua arma recolhida por... Gibson, que enfiara duas enormes facas de churrasco pelas costas do agora cadáver de garçom, uma em cada pulmão. Enquanto se encontravam atônitos, sem saber se reagiam ou corriam, Aurélio aproveitou a indecisão para atirar no eletricista que tombou desfalecido. Gibson fez o mesmo contra o coroa que não foi atingido e conseguiu sair correndo.

Começaram uma perseguição desenfreada. Dividiram-se para tentar alcançá-lo mais facilmente, mas o senhor mais velho demonstrou estar em forma, escapando de todas as formas possíveis em meio às prateleiras coloridas da loja. A preocupação era crescente, pois eles sabiam que o homem estava armado e que, se ele não fosse eliminado, voltaria para acabar com eles. Quando já se encontravam no limite da exaustão, perceberam o fujão entrar por uma porta e fechá-la pesadamente atrás de si. Era a câmara fria, local onde ficava armazenado todo o estoque do açougue. Aurélio riu e comentou: "Agora, ele tá fudido!".

– Vamos entrar e pegar o cabra? – perguntou Gibson.

– Não, tá doido? É isso que ele quer. Já deve estar posicionado, fazendo mira pra porta. Se a gente entrar, ele atira nos dois. A gente vai é cuidar pra que ele não saia e morra de frio aí dentro.

Colocaram algumas estantes, impedindo a abertura da porta e encheram suas prateleiras com produtos pesados. De dentro da porta, o homem percebeu a armadilha e começou a gritar desesperado e a debater-se contra a porta, mas era tarde demais. Tentou até mesmo atirar na escotilha de vidro, mas era à prova de balas. Os amigos não queriam dar sopa pro azar, por isso seguiram empilhando móveis e prateleiras até às 3h da manhã. Arrastaram geladeiras, máquinas de lavar e tudo mais que pudesse prender o homem para sempre no frigorífico.

Exaustos, foram comer e dormir no seu camping indoor, acampamento fortaleza, lar provisório. Comeram e beberam um pouco e, mesmo cansados, não conseguiram dormir devido à adrenalina do dia. Resolveram conversar um pouco até o sono vir. Os colchonetes lado a lado permitiram que Aurélio pudesse agradecer, olhando nos olhos de Gibson, por ele ter salvo sua vida. Já não tão ofegantes e um tanto relaxados pelas doses de tinto que tomaram, mas ainda exalando ansiedade, suas respirações começaram a se misturar, enquanto ele agradecia. Cada par de olhos mirava o outro e não se desviou até que os hálitos também se encontraram num longo e úmido beijo.

Ávidos, de mãos apressadas e gestos nervosos, tiraram as camisas um do outro e Aurélio passou a beijar e passear a língua por Gibson inteiro. Do pescoço, desceu ao dorso, demorou-se um pouco nos mamilos e, após um lento e vigoroso toque para conferir como estava o volume da calça, desabotoou e tirou tudo, dedicando-se com muito carinho e paciência àquela parte do corpo alheio. Viveram aquela madrugada como se o mundo estivesse acabando à sua volta, como se não houvesse um dia seguinte, como se só restassem eles naquele lugar. Os gemidos e risinhos ecoaram pelo supermercado. Os suspiros de prazer evidenciavam que eles estavam mais unidos do que nunca.

* * *

Fazer compras era, talvez, a única atividade que Gibson tinha prazer em executar. Passeava pelos corredores do supermercado com o olhar perdido diante das prateleiras, parando muito amiúde, recolhendo algum item de necessidade básica e seguindo o trajeto errante por entre o oceano de produtos. Demorava o triplo do tempo necessário, pois aproveitava para pensar na vida, aplacar as angústias, dispersar as pequenas inseguranças cotidianas. O ambiente do mercado lhe devolvia a paz e tranquilidade roubadas pela vida lixo que levava (que todos levavam naquela cidade sitiada). Fora num supermercado que ele vivera seus últimos dias felizes, semana e meia de amor. Desde que Aurélio o abandonara, deixando um bilhete breve e lacônico: "Se cuida. É melhor procurar outro lugar (e assinava com um número de celular)", que ele não sabia o que era alegria de verdade. Apesar dessa despedida triste, o que se passou no período que a antecedeu fazia-o sentir-se leve, aliviado até. E naquele dia, ele precisava mesmo daquele alívio.

Na escola, ficou sabendo que acumularia mais duas matérias. A escassez de professores obrigava os que se dispunham a desempenhar o serviço a serem versáteis. Mas no caso de Gibson, a direção da escola estava exagerando um bocado. Além de português, redação, literatura, história, geografia e inglês, ele também tivera que se virar pra ensinar biologia e matemática. Até aí, tudo bem, mas a novidade daquela manhã fora que ele teria que dar conta de física e química também. Como se seu ofício já não fosse sacrificante o suficiente, o déficit de profissionais capacitados fazia com que ele tivesse que lidar com assuntos que, além de não gostar, odiava de verdade, do fundo do coração, tornando seus dias ainda piores.

Por isso, para se sentir melhor naquele dia infeliz, decidira passar 4 horas inteiras empurrando seu carrinho pelas seções de um grande supermercado. E naquela loja em particular, ele sentia uma alegria distinta, pois era incrivelmente parecida com aquela em que ele e Aurélio ficaram, beberam, comeram e ainda experimentaram de tudo quanto foi possível vivenciar juntos. Além do sexo desfrutado muitas vezes, ainda tiveram a oportunidade de se iniciarem na arte culinária do canibalismo, ao terem comido partes do homem que ficara na câmara fria num churrasco transgressor. "Bem temperadas", repetia para si próprio, sorrindo. Aurélio o havia convencido a tentarem comer carne humana para o caso de falta de comida, pois eles não sabiam que tipo de privação teriam que enfrentar dali pra frente. "Tinha gosto de picanha de porco", lembrava Gibson.

Cada vez mais, naquela loja, ele sentia forte a presença de Aurélio, chegando mesmo a vê-lo andando por lá, vestindo um par de calças e camisa sociais, acompanhado de um sujeito engravatado, usando crachá que parecia ser o gerente da loja. Levou alguns segundos para perceber que aquele ERA Aurélio e não um produto da sua imaginação. Logo, o ambiente ficou pesado, o ar tornou-se rarefeito, Gibson tentou respirar fundo e, com a vista escurecendo, gritou: "Aurélio!".

O amigo interrompeu o passo, surpreso. Virou-se para certificar-se de que aquela era de fato a voz que ele imaginava ser. Branco como uma folha de papel, caminhou até Gibson e perguntou: "Tudo bem com você?". Ele apenas confirmou com um meneio de cabeça. "Beleza. Fica bem." Apertaram-se as mãos firmemente e Aurélio deu-lhe as costas, caminhando lado a lado com o gerente da loja rumo a uma porta onde devia ficar o escritório da gerência. Gibson ficou para trás, segurando a barra do seu carrinho de compras e juntando os cacos do seu coração espalhados pelo chão.

***

Vívian decidiu não esperar mais. Poderia ser que a reunião demorasse e Aurélio só voltasse ao escritório no dia seguinte. Mas ela tinha urgência. Precisava sair com ele o quanto antes. Mandou uma mensagem via SMS, convidando para jantar num restaurante japonês, o Takami, às 20h. "Chega de protelar!", pensou. "Nada de ficar vivendo só o lado cinzento da vida." Tomou um comprimido e meio de Zetron e apertou em enviar. Mal enviou e já ficou na expectativa de uma resposta. Nem prestou atenção nos e-mails ou acessou qualquer site de portal de informações pelo resto do dia, pois só havia uma notícia que ela aguardava ansiosa.

Se tivesse acessado algum portal, Vívian teria se inteirado que Julian Assange, criador do Wikileaks, havia morrido misteriosamente na embaixada do Equador, em Londres, onde estava recluso, provavelmente por envenenamento. A morte aconteceu logo após ele revelar que os planos americanos de bombardear Natal, não só eram verdadeiros como já havia um porta-aviões em algum lugar da América Central repleto de caças equipados com uma nova variação de napalm, e que era bem possível haver pelo menos uma ogiva nuclear a bordo. Na hora anterior, os Estados Unidos haviam acabado de dar um passo importante para agradar a opinião pública mundial, permitindo uma inspeção externa da ONU em Guantânamo no mês seguinte, de forma que o mundo pudesse se certificar de que não haveria mais zumbis, pois em 30 dias estariam todos (re)mortos e queimados.

Aurélio esteve bastante disperso durante toda a reunião. Não foi eloquente o bastante, não produziu um acordo como de costume, utilizando sua mistura de comentários espirituosos e tiradas sagazes, capazes de seduzir o mais duro negociador, o mais resiliente dos compradores/revendedores de alimentos. Pelo contrário, gaguejou, atrapalhou-se, esqueceu os nomes de alguns produtos, não transmitiu a confiança necessária. Não assinou o contrato.

Uma mensagem recebida no meio da reunião parece ter sido decisiva para quebrar de vez sua concentração, não bastasse o inesperado encontro com Gibson pouco antes de chegar ao escritório do gerente. Assim que terminou o encontro com a equipe do supermercado, ainda no carro, tratou de responder o SMS.

Vívian chegou às 20h em ponto. Havia feito a reserva (mesa pra 2) por telefone, saíra mais cedo da firma (como imaginou, Aurélio não voltara naquele mesmo dia) e foi em casa se arrumar. Escolheu um belo e decotado vestido e maquiou-se, coisa que desde antes dos acontecimentos de 2009 não ocorria. Realçou bem os olhos com um lápis preto e, na boca, batom de um vermelho marcante que ela esperava ser tirado por intensos beijos de bêbado. Sentou-se à mesa, pediu um vinho e uma entrada leve (um sunomono de salmão) para lhe fazerem companhia enquanto esperava.

O restaurante começava a encher de clientes. Praticamente todas as mesas haviam sido ocupadas, quase todas reservadas com antecedência. Eram raras as noites em que isso não acontecia. As pessoas buscavam uma distração em meio a suas vidas destroçadas, suas rotinas pós-apocalípticas, procurando anestesiar suas dores com boa comida e bastante bebida. O álcool forma uma bela dobradinha com os tarja pretas, embalando o dia a dia dessa gente entorpecida e artificialmente sorridente. Às 20h30, só havia uma mesa disponível no restaurante, nos fundos, também reservada para 2. Com 30 minutos passados, Vívian já começava a considerar aquele um atraso do seu convidado. Impacientou-se um pouco e estabeleceu um ultimato para si mesmo: se ele não aparecesse na próxima meia hora, ela iria embora. Não passaram nem 5 minutos da criação dessa regra e a porta do restaurante se abriu. Os olhos de Vívian, se não estivessem sendo traídos pelo cérebro que, àquela altura, já se encontrava de molho em mais de um litro de tinto argentino, viram o próprio Aurélio adentrar o recinto e cruzar o salão. Seu rosto se iluminou e ela o encarou com malícia e um bonito sorriso, mordendo levemente o lábio inferior.

A expressão de contentamento, porém, logo se desfez em estranheza, quando Vívian percebeu que os olhos de Aurélio não buscavam os seus. Miravam fixamente a mesa vazia e reservada para dois nos fundos do restaurante. O sorriso aberto já cedera ao semblante grave, ao cenho franzido, à sobrancelha esquerda arqueada, ao olhar desconfiado. Ainda mais quando percebeu que o colega não estava só, mas acompanhado de alguém que ela não conhecia, um homem que aparentava a mesma idade que ele. Provavelmente, ele nem devia ter visto a mensagem que ela havia enviado. Por isso, não a havia respondido. E ela, tonta de desejo, cega pelas expectativas que idealizara para esta noite, viera mesmo assim, imaginando que ele vira sim a mensagem, que esquecera de responder, mas viria ao seu encontro. Ou ainda: não respondera de propósito, para manter o ar de mistério e de calculado desdém, de estratégico desinteresse, compondo sua persona como fazia sempre, criando uma atmosfera de sedução blasé, que era a cara dele e que, desde o início, foi o que chamou a atenção dela.

O encontro com Gibson havia deixado Aurélio tenso, mas o que lhe descompensou de vez, tirando completamente seu foco do trabalho, foi a mensagem recebida: "Não sei se seu número continua o mesmo, até porque nunca lhe procurei depois da última vez. Tinha medo de você não ter sobrevivido depois que saiu do nosso esconderijo. Acho que podemos usar este encontro casual a NOSSO favor... se quiser me ver hoje às 20h30 na frente do restaurante Takami, responda essa mensagem com um SIM. Farei uma reserva para nós". Havia também uma mensagem de Vívian, mas essa ele nem abriu. Não estava em condições de falar sobre trabalho, ainda mais depois da reunião desastrada que tivera havia pouco. No dia seguinte, veria a mensagem que, certamente, devia dizer respeito ao acordo pretendido no supermercado. No escritório, na manhã seguinte, ele explicaria que havia tido um dia ruim e pediria uma nova chance para tentar o contrato. Abriu a outra mensagem recebida, clicou em responder e digitou S, I, M.

O ar circunspecto, natural de Vívian nos últimos 3 anos, voltou de repente. Ela perdeu o apetite por completo e em vários sentidos. Pediu a conta e uma segunda garrafa de vinho para levar. Na mesa dos fundos, não havia muitas palavras a serem trocadas. Gibson se enfadaria se tivesse que contar sobre si, explicar sua rotina, dizer tudo o que fizera desde a separação de ambos. Aurélio, por sua vez, achava que suas ações não diziam respeito a ninguém, nem a Gibson. Aceitara aquele encontro movido não sabia por que poderosa força da natureza. Sabia apenas que era irresistível. Já que não tinham muito a dizer, Aurélio resolveu "falar" de outra forma pela qual se entenderam tão bem no passado: o toque. No momento em que Gibson fazia alguma observação vaga sobre pedirem um ceviche de camarão, Aurélio segurou sua mão. Gibson parou de falar imediatamente e os olhos de ambos se encontraram, mirando-se fixamente, como naquela primeira noite juntos na barraca. Esses olhares ficaram congelados para sempre, carbonizados pela eternidade que os consumiu.

Na calçada do restaurante, a caminho do carro, de garrafa na mão, Vívian avistou o clarão subir alguns quilômetros à sua esquerda. Um cogumelo de fogo e fumaça se formou e uma onda luminosa se espalhava, atingindo a tudo e todos em questão de segundos. Virou-se de frente, voltada para a onda de radiação que se aproximava, deixando-se fulminar.

COM OUTROS OLHOS

Paulo gosta de ver a vida através das lentes escuras dos óculos de sol. Dessa forma ela se torna mais autêntica, pelo menos para ele. Seu conceito de realidade passa por dar, ao horizonte que enxerga, uma fotografia digna de um filme de Tim Burton, algo meio cinzento, lúgubre e distante da alegria incosciente e inebriante que contagia o mundo nessa urgência vazia dos que buscam significado para vidas insosas. Observa a gente que passa em suas roupas escolhidas segundo critérios diversos e pessoais, os quais pode apenas supor ali do seu canto, tão discreto quanto possível, sustentando uma expressão de experimentado jogador de pôquer para prestar maior atenção ao que ocorre a sua volta. Tais vestimentas, expressões de personalidades adquiridas nas melhores lojas, perdem todo e qualquer traço de vivacidade sob o filtro de sua mirada.

Para ele, a verdade é que a vida não é colorida, não é iluminada. A vida é noite, é sombra, é escuridão. A vida é noir, é penumbra, e nós, seres humanos, não vemos muito bem no escuro. Somos todos míopes. 6 bilhões de míopes e com pouca tolerância à luz. A vida é cinzenta. Preta e branca como uma TV antiga exposta em um museu audiovisual. A vida não é alegre. É drama, não comédia. As pessoas passam por ele e ele por elas, e as lentes vão conferindo a cada uma o aspecto correspondente. É gente nublada por ação dos óculos escuros, revelando suas verdadeiras faces que este velho hábito lhe ajuda a perceber.

Saguões de aeroportos e salas de embarque são emblemas da raça humana. É lá onde se presencia com nitidez a solidão acompanhada que grita por socorro nos rostos inexpressivos como o de uma modelo de passarela e permeia a nossa existência em cidades superpopulosas que teimamos em chamar de nossas. Estamos todos sós. Quando resolvemos os nossos problemas, quando celebramos conquistas, quando comemoramos mais um ano de vida, mesmo cercados por dezenas de amigos. Sempre estaremos sós. Nascemos todos sob a égide da solidão. Sempre nos falta algo, sempre buscamos alguém, saímos sempre por aí, a procura de alguma coisa que venha nos preencher. Como se viver fosse sinônimo de fugir desesperadamente do aqui, do agora, do estado atual das coisas, do "tudo-que-está-aí". Mas se a vida é uma fuga, nós não temos a menor ideia aonde ela vai nos levar.

E aqui está ele de novo, em mais um capítulo de sua escapada. Como todos os demais, todos esses espectros opacos que circulam naquele saguão, não sabe pra onde vai, nem o que vai encontrar lá. Quer dizer, o lugar ele até sabe. Está escrito no cartão de embarque. Vai se perder das pessoas que conhece e ama para ver se encontra a si próprio, conhece um pouco mais de si e ainda aprende alguma coisa no processo. Uma viagem pra longe, especialmente se ele não conhece ninguém no destino, proporciona bons momentos a sós, mesmo que a pessoa vá pra China. Nessas ocasiões, é possível recordar, ponderar e refletir sobre tudo que se fez, avaliar se determinadas decisões erradas foram mesmo inevitáveis ou produtos de uma sina terrível que acabam conduzindo a caminhos acidentados. A voz feminina padrão do auto-falante, metálica como um androide de Asimov, chama para o seu voo. Ela repete o chamado em vários idiomas, nenhum é o dele. Não importa. Já está acostumado a falar uma língua diferente das pessoas. De onde vem, nem mesmo os mais próximos compreendem bem o que diz.

Antes de ir ao destino final que o abrigará pelos próximos 7 meses, escolheu passar uma semana passeando mais ao norte do Velho Continente. Um amigo havia sugerido que fizesse o "Caminho de Santiago de Compostela", mas depois que ele deu uma boa olhada no mapa, respondeu que faria no máximo "O Atalho de Santiago", e mesmo assim: de carro.

A aeromoça nórdica o lembra das aulas de primário em que lhe foram ensinadas as propriedades da água. A professora disse que a água era insípida, inodora e incolor. Tudo a ver com aquela mulher alta que fazia mímica no centro da aeronave, indicando mecanicamente os pontos de fuga, os coletes salva-vidas e todo aquele papo de "máscaras de oxigênio cairão sobre suas cabeças" caso o avião decida se espatifar contra uma superfície qualquer, virar notícia nos jornais do planeta e motivar uma comoção mundial.

Aliás, acabara de lhe ocorrer algo. A *alemoa* demonstrou em sua pantomima, certamente repetida pela milionésima vez, para não entrarmos em pânico, pois havia portas na direita e esquerda. Isso, por si só, já pode ser um bom motivo para que ELE se desesperasse. No caso de um desastre de avião, para que lado iria? Ficaria indeciso? Indecisão é algo que faz parte da sua história. Quando entrava em um cinema, por exemplo, ficava sem saber para que lado ir. Até que criou um padrão: agora vai sempre para a esquerda, pois a grande maioria das pessoas costuma ir para a direita por um condicionamento cerebral das sociedades ocidentais, pura semiótica. Em um desatre de avião, no entanto, ele não tinha como ter um padrão. Nunca havia estado em um. E mesmo que houvesse, não acreditava que pudesse estar em um segundo para poder dizer "Opa, tá caindo. Saída pela esquerda, como sempre".

Tenta relaxar. A aeromoça sem sal agora distribui um cardápio onde cada um pode escolher um modesto lanchinho mediante uma módica quantia. Pensa que as comidas devem ser tão desprovidas de atributos quanto ela. Não tem fome. Folheia o livro que trouxe consigo para a viagem: "Caras dessa idade já não leem manuais" do jornalista e músico carioca Leonardo Panço. Lê uma frase que parece adivinhar seus pensamentos: "*Ele ainda estava com aquela sensação incômoda de não estar muito seguro sobre ter feito a coisa certa. Uns dizem ser coisa do signo. Tinha alguma dificuldade para tomar decisões, escolher entre isso e aquilo*". Ah, o signo! O que dizer sobre ele? E por onde começar? É precisamente por causa dele que Paulo vive buscando saídas de emergência.

Falando assim, até parece que ele é alguém extremamente melancólico. E talvez seja mesmo. O mapa dessa melancolia pode ser lido segundo as seguintes coordenadas: 06 de julho de 19e-tal, às 07h05 de uma manhã chuvosa, como o seu espírito. A suposta casualidade de ter nascido nesta precisa data e horário, para a maioria das pessoas não tem o menor significado na vida prática ou influência na ordem natural dos acontecimentos. Contudo, para ele, é responsável direta por tudo o que viveu até hoje e pelo que ainda deverá enfrentar daqui por diante. Paulo é do signo de Câncer, com ascendente em Câncer e o decanato em Câncer, ou seja, se as conjunções astrais fossem uma aliança político-partidária para compor uma candidatura, ele seria uma chapa puro sangue, sem misturas de tendências, ideologias ou projetos políticos.

Sei que parece uma tolice monumental julgar aspectos tão intangíveis como a posição dos astros num dado momento em que, por um mero acaso do destino, ele estava nascendo e defini-los como determinantes para tudo o que venha a passar. Ele mesmo já pensou muito sobre isso. Em como é ridícula essa crença obstinada em algo sem a menor comprovação científica. O escritor inglês Douglas Adams, ao narrar a saga do "Guia do Mochileiro das Galáxias", afirmou que a astrologia é a ciência que acredita que *um monte de rochas flutuando pelo espaço sabem mais sobre o seu dia do que você próprio*. Patético, é verdade. Mas também é real que qualquer um pode saber mais sobre o seu dia do que ele, mesmo que seja uma pedra flutuante a anos-luz de distância. Talvez sejam os óculos escuros metafóricos que embotam sua visão do porvir. Ou talvez essas rochas espaciais saibam mesmo alguma coisa que não sabemos.

Eles, os astros, ao se alinharem de uma dada forma naquela *datahoraminuto*, determinaram que ele seria "*uma pessoa densa, intensa e extremamente defensiva, que sou assim para esconder dos outros minha transbordante sensibilidade. O apego ao passado, à tradição e aos entes familiares poderiam dar origem a uma forma de se comportar retrógrada e limitada*". E não ficaram só nisso. Os aerólitos safados megalomaníacos, achando pouco terem que ficar em movimentos repetitivos de rotação e translação, queriam ainda dar mais pitacos em sua vida. Por isso, segundo eles, ele estaria fadado a ser "*alguém que costuma levar tudo para o lado pessoal por uma tendência duplamente canceriana de sentir antes mesmo de agir ou pensar. Tem uma imaginação forte tanto no aspecto positivo como também no negativo*".

Um especialista na linguagem dos astros, o astrólogo e autor Jones Guanabara escreveu: "*O símbolo do canceriano é o caranguejo, o que sugere um fechamento protetor, uma carapaça de timidez e instinto de autopreservação. O regente de Câncer é a lua, significando o domínio do inconsciente, das emoções, do sonho, da imaginação e da alma. Entre as suas características estão a sensibilidade, ternura, criatividade artística, intuição, carência, comportamento "lunático", fantasia, impressionabilidade, vulnerabilidade psíquica e emocional, insegurança, dificuldade de cortar o cordão umbilical, de romper com o passado*". Numa definição rápida, como um resumo do espécime, disse também: "*O can-*

ceriano é um ser que vive em função de seus sentimentos e imaginação, com grande sensibilidade e intuição. Tem fases, como a Lua..."

Lendo assim, rapidamente e sem muito tempo para interpretações mais aprofundadas, pode-se concluir que esta linguagem mística e exotérica é muito cruel com os nativos de câncer, regidos pela inocente e romântica Lua e simbolizados por um animal pequenino como o caranguejo. Esses especialistas, analisando tecnicamente o que dizem as pedras espaciais, fazem os cancerianos parecerem uns sequelados chorões incorrigíveis. Porém, essa é apenas uma maneira de ver as coisas.

Se pudermos ler mais detidamente as palavras do professor Jones Guanabara, seria possível tirar outras conclusões. Segundo ele, o canceriano é: "*Uma pessoa densa, intensa e extremamente defensiva*", que é assim para "esconder dos outros minha transbordante sensibilidade" ou "*O símbolo do canceriano é o caranguejo, o que sugere um fechamento protetor, uma carapaça de timidez e instinto de autopreservação*". Talvez isso remeta ao fato de que Paulo reconheça o valor da discrição, do silêncio redentor, do respeito à inteligência alheia e sobretudo aos ouvidos de outrém. Quem sabe essa mania que ele tem de ouvir mais que falar, pois sabe que, ouvindo, pode aprender alguma coisa útil, enquanto falando, estará apenas reproduzindo coisas que já assimilou. Pode ser também devido a uma certa rebeldia de adolescente tardio, escapando, ou pelo menos tentando, da imensa síndrome de "Big Brother" que assola essa vida *moderna*, de "reality shows" e sites de relacionamento. Hoje em dia, parece ser errado alguém querer viver a própria vida sem que os outros interfiram nela mais do que apregoa as regras de boa convivência. Parece ser uma postura exótica, introspectiva e "extremamente defensiva" quando um cara não permite a aproximação de pentelhos ou fofoqueiros de quermesse.

É como se o fato de ele abdicar do exibicionismo barato e inócuo do "EU fiz isso, EU faço e aconteço, EU mato a cobra mostro o pau, EU SOU FODA!" se convertesse em uma maneira de "*esconder dos outros sua transbordante sensibilidade*" e revelasse uma patológica "síndrome de caranguejo" levando a "*um fechamento protetor, uma carapaça de timidez e instinto de autopreservação*". Bem, só porque Paulo era um tipo diferente da maioria, gostava de ler e não queria jogar bola ou praticar qualquer esporte coletivo que já houvera sido inventado, não merecia ser encarado pelos demais como algo que eles tivessem acabado de expulsar do nariz.

Uma vez, uma namorada do fim da adolescência terminou o namoro com ele porque, segundo ela, "ele não falava nada". Na época, ele não deu grande importância ao episódio. Era pouco menos que um tirano arrogante que alisava a rala barba com tendências imperialistas e a convicção feroz de que a juventude do corpo e a pouca vivência me conferiam uma imunidade irrestrita tal qual a dos políticos corruptos conterrâneos. Às palavras da ex-consorte reagiu pensando um bom e autosuficiente "foda-se!" com um hipócrita e romântico complemento que dizia: "tenho que buscar alguém que goste de mim pelo que eu sou". Ou algo do tipo, extraído de uma resposta de seção de cartas de alguma revista para adolescentes em fase pré-menstrual. Atribuiu com prepotência a atitude da ex a um suposto exagero feminino inerente a todas as mulheres, algo presente na progesterona assim como a necessidade de ir em duplas ao banheiro ou a inapetência de abrir enlatados.

Mas a questão era: "o que" exatamente ele era? Não sabia. Porém, dar ao ocorrido a mesma significância de um tratado sobre os ornitorrincos para biólogos sul-americanos pareceu ser o correto a se fazer. Ele podia não saber ainda o que era, mas sabia que gostava daquela música do "Depeche Mode", aquela "Enjoy the silence" que falava que "as palavras são desnecessárias, as palavras podem ferir" e iniciava com uns versos dizendo "palavras, como violência, espatifam o silêncio do meu pequeno mundo. Dolorosas para mim, elas me atravessam. Você não consegue entender, oh, minha garotinha". Para sua cabecinha presunçosa de adolescente que sabia tudo, aquele era o hino de uma relação interrompida porque ele "não falava nada". Apenas a limitação de uma "garotinha que não conseguia entender" ou a insistência de outra pessoa que quis porque quis "espatifar o silêncio do seu pequeno mundo".

Não sofreu por aquela menina. Não chorou ou ficou na merda como por tantas outras que vieram depois dela. Tudo por causa da segurança adolescente que não tinha uma identidade definida, que não se sentia ainda afetado pelos astros a viver uma vida de altos e baixos emocionais e intensos. Se a moça entendesse de horóscopo, ela poderia ter agregado ao seu discurso sucinto de "*você não fala nada*" termos como "*fechamento protetor*", "*carapaça de timidez*" ou "*instinto excessivo de autopreservação*". Paulo não sabia se, aos 17 anos, esses fatores já tinham alguma influência sobre sua conduta, mas se tinham, foram providenciais para que ele realmente se protegesse daquela ruptura. Seguir em frente sem dar importância ao que passou foi a decisão correta e, comportando-se ou não como um caranguejo, seguiu com seu silêncio, solteiro, mas feliz.

As reminiscências da adolescência cessam ao som de uma campainha. O piloto informa que estão a uma altura de aproximadamente 20 mil pés e mais algumas informações sobre pressão atmosférica e temperatura externa que mudarão sua vida tanto quanto saber o nome completo do presidente do Camboja. Deu mais uma lida no livro do Leonardo Panço. Gostava muito. A leitura de crônicas era uma das poucas coisas que sobrou da sua "formação literária". Antes ele queria ser escritor. Por isso, para aproximar o sonho de uma carreira de verdade, algo que pudesse lhe proporcionar um salário para pagar as contas, fez vestibular pra Letras. Isso foi mais ou menos na mesma época que aquela mocinha reticente de seu silêncio lhe deixou.

No primeiro dia de aula, a professora Pilar avisou trágica e sorridente: "Depois de estudar Letras, vocês nunca mais vão ler um livro da mesma maneira". Certamente, uma frase solene com diversas conotações, para o bem ou para o mal. Porém, com o passar do tempo e o avançar do curso, ele logo entendeu o que ela quis dizer. O prazer da leitura foi dando lugar a um tecnicismo acadêmico que minou primeiro os romances, depois as novelas e por fim os contos. Toda vez que iniciava uma nova leitura punha-se a fazer enfadonhas análises mentais sobre estilo narrativo, sublinhava trechos, puxava setas para notas periféricas de sua autoria, verdadeiras orelhas postiças à guisa de sugestões aos autores em clássicos aparentemente irretocáveis. Ele já começava a ler buscando virtudes e defeitos, estes muito mais que aqueles, calcado na teoria de escolas literárias e nas verdades definitivas da academia. Um bom crítico deve ser, paradoxalmente, mau com seu objeto de estudo.

Sem perceber, ele que fora um doce, humilde e inocente *Anakin Skywalker*, sucumbia ao lado negro da Força, tornando-se um *Darth Vader* das Letras, incapaz de curtir uma boa história sem a indispensável companhia de uma inclemente caneta vermelha, seu sabre de luz. Mas o pior é que, se ele já era rigoroso com os escritos alheios, com os seus próprios passou a ser implacável. Como sabia toda a teoria, tinha conhecimento de todos os erros nos quais incorria com maior ou menor frequência quando escrevia. E isso não era lá muito motivante. Tente fazer alguma coisa com alguém sempre disposto a criticá-lo. Você não vai muito longe, vai? Era como se, ao se matricular no curso de Letras, ele tivesse provado o fruto proibido ou tomado a pílula vermelha. Tornou-se sabedor do que não deveria, levou um pé na bunda do paraíso, foi expulso da *Matrix*, e nunca mais escreveu uma linha. Aos poucos, também foi deixando de ler. Até que um dia ganhou de presente um volume de crônicas despretensiosas, contemporâneas e bem-escritas. Aquilo repôs sua fé nos escritores e resgatou-lhe de um poço profundo seu prazer de ler.

Com o avião em velocidade estável e um silêncio relaxante na cabine, aperta o botão de desligar e dorme.

* * *

O doce embalo de uma cadeira de balanço é uma das melhores lembranças que tem das visitas que fazia à casa da avó. Ele sempre entrava correndo para sentar-se naquela majestosa cadeira de madeira boa trançada de palha que haviam trazido do interior dela e que permanecia na sala como uma solene guardiã de tudo o que ocorria naquela feliz moradia. A cadeira velava o ambiente e, se olhos tivesse, estariam sempre semicerrados, transmitindo o calculado desdém dos seres superiores, típico daquelas pessoas de espírito mais evoluído. Ele sentava e curtia o vai e vem quase absorvendo um pouco da sabedoria de ancião que essa categoria de objetos dignos de respeito na qual se enquadra as cadeiras de balanço emana de si.

O problema era que agora ele estava sentindo o mesmo movimento pendular da infância muito bem instalado num assento de palha artesanal como só uma autêntica cadeira de avó poderia proporcionar, mas com uma estranha e muito incômoda sensação. Tentou descobrir o porquê de tanta perturbação. Lançou um olhar inquisidor à cadeira que apenas lhe devolveu a sua velha conhecida expressão de altivez. De repente, surgiu um espelho em sua frente e pôde perceber o que havia de errado. Ele era a sua avó!

Acordou sobressaltado. A cadeira onde eu se encontrava também se movia, mas unida a uma estrutura de metal, plástico e mais uma infinidade de materiais e também outros assentos iguais ao seu. Ele continuava no avião. A questão era por que diabos tivera aquele sonho esquisito com a sua avó se fazia tanto tempo que não pensava nela? Será que era pela tão falada fixação no passado que o professor Jones Guanabara atribui aos cancerianos?

"*O apego ao passado, à tradição e aos entes familiares poderiam dar origem a uma forma de se comportar retrógrada e limitada*", dizia o guru zodiacal. Retrógrado? Limitado? Como assim? Logo ele que sempre teve uma postura tão progressista? Se existe alguém lutando pela liberdade genuína em algum lugar do globo, sempre estará disposto a manifestar o seu apoio. Talvez esse tipo de posição, tão humana e humanitária, seja o que chamam de atraso, algo fora de moda. Afinal, ele nunca foi exatamente o cara mais entusiasmado com a moda. Quando criança, não usou roupas da estação ou um tênis da marca da moda. Ia pra aula com um calçado mais simples, que servisse.

Se havia algo que ele não seguia, era a moda. Preferia acreditar que, se algo é bom, correto e agradável, não haveria por que mudar. Seguindo esse raciocínio, voltava sempre aos mesmos lugares preferidos, viajava a cidades que lhe trouxessem lembranças, revia os filmes de que gostava, comia nos mesmos restaurantes, estabelecia infindáveis hábitos regulares e idiossincráticos que podem espantar as pessoas ditas normais.

É que para ele não havia reduto melhor do que a rotina. A rotina não é apenas lugar comum, é lugar seguro. A vida é retorno. Certa vez, uma garota de costumes exóticos para os seus padrões antiquados quis se interessar por ele, um careta estudante de Letras. Ela era uma dessas moças que frequenta os bairros boêmios da cidade, ouve uma música meio moderninha meio regional, se veste como hippie-chique, fuma maconha mais do que bebe água e utiliza termos como "tipo assim" e chama os amigos de "cara" ou "brother". Foi um envolvimento rápido e pueril. Aliás, não poderia ter sido de outra maneira, dada a abissal diferença de personalidades que apresentavam.

Ela era uma garota inquieta que não tinha muita paciência de ir aos lugares para onde ele a levava, onde poderia conversar com seus amigos sobre temas que achavam relevantes e que a faziam entoar uma variada sinfonia de bocejos. Sem muito respeito pelos gostos alheios e uma leonina impetuosidade, deixava sempre claro que aqueles lugares eram "tipo assim, péssimos" e que seus amigos eram "um saco, cara". Aquelas críticas cada vez mais incisivas ao seu estilo de vida começavam a incomodar bastante, mas ele não queria terminar com ela, afinal de contas, a moça era uma gata, gostosa e ele não sabia o que diabos ela vira nele, um sem graça calouro de universidade particular. Diante de sua insistência em sustentar aquela situação amorosa infrutífera, ela própria tomou a iniciativa e lhe deu o primeiro pé na bunda do período universitário.

Ela não tinha paciência para certas coisas como jantares a dois, mãos dadas, idas ao cinema no domingo à noite. "Tudo isso é muito bleeerg, sabe, cara?" Também não pegou nada bem quando ele se recusou a passar um fim de semana com ela e "uns brothers surfistas" numa praia a média distância da cidade. "Só curtição. Os carinhas são gente boa". Ela foi só e, quando voltou, encontrou-lhe de humor quase tão bom quanto Hitler quando os aliados começaram a bombardear Berlim. Somando-se este e mais alguns episódios que demonstravam claramente caráteres inconciliáveis, ela tomou a, talvez única na vida, medida sensata de dar um fim aquele arremedo de namoro. Sentiu-se livre para fumar maconha, tomar cerveja e ouvir canções vagamente roqueiras sem um careta que a tentasse enquadrar nos padrões sociais mais detestáveis. E ele também estava solto, mas para se prender novamente à tão adorada e segura rotina, voltando a fazer todo dia sempre a mesma coisa.

Porém, contudo, no entanto e todavia, se deveria estar "tudo bem quando acaba bem", por que Paulo chorou uma semana por aquela jovem de sinapses neuronais muitíssimo pouco articuladas? Cada um foi pra um lado, era a melhor solução, a única saída racional, ninguém deveria ter se magoado. Se tudo quanto é lógico e evidente levava ao afastamento de ambos, o esperado seria que não houvesse nenhum abatimento. Mas aí entra a natureza sofredora de canceriano dizendo que se deve sentir aquela perda como se ela fosse irreparável. Se fosse possível um diálogo aberto com o próprio subconsciente, Paulo poderia dizer algo como: "Mas a gente não tinha nada a ver. Por que eu tenho que chorar?" "Não importa. Ela não era de todo má. Se ela foi embora, a culpa é sua, foi você que a perdeu, então chora! Quem manda em você sou eu!"

O fato é que o nativo de câncer com ascendente em câncer está destinado a ser "*alguém que costuma levar tudo para o lado pessoal por uma tendência duplamente canceriana de sentir antes mesmo de agir ou pensar*". Ou seja, seu subconsciente estaria certo nesse hipotético diálogo sugerido acima. Ele acabou levando para o lado pessoal e sentiu a perda antes mesmo que pudesse agir ou pensar. Porque bastava abstrair um pouco do sentimento e raciocinar por dois minutinhos sobre a clareza da situação toda para concluir que ele deveria era se sentir feliz por ter se livrado daquela jovem tão distinta de si. Aquela foi uma das primeiras vezes que chorou por amor nessa adolescência amorosa tardia que viveu na faculdade. Infelizmente para ele, e felizmente para a história que lhes conto, não foi a última.

E agora, vamos todos apertar os cintos, que o avião já vai descer.

* * *

Olhando toda aquela infinidade de malas de tipos, cores e tamanhos diferentes, ele ficava imaginando se as mulheres que passaram por sua vida eram como as bagagens numa esteira de aeroporto. A grande maioria se parece entre si, é meio quadrada, neutra, sem muita expressão. São tão impessoais que confundem os outros passageiros que aguardam cansados. Outras são mais escandalosas, coloridas, cheias de adesivos, levam contornos arredondados, tentando ser diferentes da maioria e gritando ao mundo: "Heloooow, estou aqui, baby!". Saiu do seu devaneio, essa história sem pé nem cabeça, comparação descabida, porque a sua mala chegou. Gostava dela, discreta sem ser muito comum, bonita sem chamar a atenção de todo o saguão e com um adesivo de "Cuidado com o cão" que confere um quê de irreverência e autenticidade. Uma mala ideal, com a sua cara. Parecia feita pra ele. Por que é mais fácil escolher uma mala perfeita do que uma mulher que não seja uma perfeita de uma mala?

Esse tipo de exercício imaginativo é bem comum no seu dia a dia. Gostava de viajar na maionese e elaborar em pensamento as mais absurdas situações e descabidas analogias. É como definiu o nosso amigo, o astrólogo Jones Guanabara: "*O canceriano tem uma imaginação forte tanto no aspecto positivo como também no negativo*".

Ou seja, a mesma imaginação que lhe faz criar histórias engraçadinhas que convertem a esteira numa linha da vida e as malas em mulheres, é capaz de lhe atormentar com ideias deletérias de rara periculosidade. Lembrou-se de uma certa garota a quem foi apresentado. Linda. Conheceu-a rapidamente, apresentada por um casal amigo. Como estava em meio a uma noite suja dessas que começam mal e terminam pior, além de já estar de saída da balada onde se encontravam, não pôde fazer nada mais que conversar cinco minutos com ela.

Dias depois, oportunamente quando o final de semana seguinte já se avizinhava, ligou para o amigo e propôs que armasse uma saída estratégica, um encontro duplo, no qual ele fosse com sua namorada e a bela amiga solteira também comparecesse, de maneira a formar par com ele. Qual não foi sua surpresa ao ouvir do amigo: "Engraçado, ela me pediu a mesma coisa". Pronto. Tudo certo. Uma resposta dessas ao seu pedido povoou a imaginação de histórias românticas e possibilidades de uma felicidade eterna, amor recíproco e tudo mais.

Paulo precisava de muito pouco para se apropriar da capacidade sonhadora de um Dante Aliguieri, apaixonando-se perdidamente por uma mulher que só viu uma vez. Se a ele fosse dada a opção, certamente iria do céu ao inferno ou vice-versa em busca dessa pequena. Como que para não contrariar as melosas páginas do roteiro piegas hollywoodyano que embalava seus momentos prévios ao adormecer, quando repousava mansamente a cabeça no travesseiro em meio a furtivos beijos hipotéticos e declarações de amor idealizadas, o destino deu uma mãozinha: na noite marcada, tudo funcionou bem. Ficou com a gatinha e ainda emendou um namoro.

Talvez o problema aqui tenha sido de ansiedade. Ele já começou sem o menor decoro, deixando claro na primeira semana que estava doido por ela. E a coisa só foi evoluindo à medida que a relação ia durando. Ou seja, cada vez ele gostava mais dela. Mas era correspondido? Bem, mais ou menos, vai. Ela gostava dele sim, achava legal, curtia sua companhia, o sexo era massa, só que não demonstrava nenhuma firmeza. Tinham até algumas diferenças, mas nada que um pouquinho de compreensão mútua não resolvesse. De repente, depois de uns meses de namoro, Paulo notou que seus beijos estavam arrefecendo cada vez mais rapidamente. Ela interrompia sempre como se estivesse distante dali, com a cabeça em outro lugar. Tornaram-se beijos protocolares e, como todo protocolo, ele torcia para que terminassem logo. Ela também começou a implicar com certas manias e hábitos que o seu jeitão conservador de caranguejo lhe levavam a cultivar carinhosamente, coisa que não fazia no começo.

Logo, toda a força criativa da sua mente passou a engendrar uma história na qual ela estava a ponto de lhe deixar. Os motivos eram muitos, fortes e perfeitamente justificados. Ele era um jovem cheio de defeitos, manias estranhas e seus feromônios emitiam um odor que fazia com que as garotas percebessem todas as suas inúmeras falhas de caráter em pouco tempo de convivência. Era como se ele fosse um farsante que, no início de qualquer relacionamento, consegue ludibriar a doce vítima. Ela, então, sucumbe aos meus galanteios, seu jeito romântico, seguro e amoroso de bom moço. "Paulinho, *el lírico*", costumava se referir a ele, Henrique Neto, seu melhor amigo. Mas logo era descoberto, a máscara caía e toda a verdade sobre a personalidade terrível que se escondia sob a fina pele de cordeiro se revelava irremediavelmente.

Nesse ponto do relacionamento, o cordeirinho sobre quem venho lhes contando, o trouxa que protagoniza essa história, se transforma em vítima e é devorado pela incompreensão do mundo, pela indiferença da garota que, certamente, sente por ele no presente estágio da relação o mesmo que a uma sujeirinha na unha do dedo médio. É então que, todos os dias antes de dormir, o mesmo travesseiro que serviu de depositório de sonhos belos e promissores é agora palco de pensamentos fúnebres em que a triste figura de Paulo Celestino Filho sofre mais que o Cristo do Mel Gibson ou a Bjork em "Dançando no Escuro". Agora, nesses momentos pré-sono, passa a interpretar um injustiçado em novos roteiros que se repetem noite após noite como uma saga de terror ruim em suas insistentes continuações. Tantas histórias infelizes, produtos de sua "*imaginação forte tanto no aspecto positivo como também no negativo*" deixavam sua autoestima tão arrasada que às vezes pensava em anunciar nos classificados de jornal que comprava um pouco de amor próprio excedente a quem tivesse de sobra.

Um dia ela chegou com a "novidade". Chamou-lhe em sua casa e pediu um tempo.

– Quanto tempo?

– Não sei. Um tempo. Tô cansada. Tô precisando de espaço. Um tempo pra mim...

Tempo, espaço. Um grande dilema da humanidade. Mas se até Einstein falou que essas coisas são relativas, que poderia fazer? Calou. Resignou-se. E chorou, voltando pra casa.

Por que é tão difícil aceitar a rejeição? ("This rejection got me so low", Offspring). E por que é tão difícil *evitar* a rejeição? E o que mais elas querem? Que tempo faltou em sua vida? Haveria Paulo roubado tempo dela? Ocupou algum espaço indevido? Pelo contrário. Cedeu espaço e dedicou seu tempo a ela. No início, tudo era uma beleza. Ele não gostava das idas àquela boate de playboys que ela gostava, mas sempre usou o bom senso. Quando ele a conheceu, ela já gostava de lá, então quem era ele pra mudar isso? Só que a recíproca não era verdadeira. Quando ela lhe conheceu, ele já jogava futebol com seus amigos todas as quintas havia mais de cinco anos. Por que ela implicava tanto? Por que queria mudar esse hábito e inventava compromissos justo para esse dia? E depois vinha dizer que ele nunca abria mão de suas coisas. Que ela é que tinha que renunciar a tudo. É aquela coisa: cada um só enxerga o que quer, puxa a brasa para (e somente para) a sua sardinha.

Uma vez, um colega de faculdade que andava desestimulado em seu trabalho lhe deu uma dica: "Nunca chegue atrasado no trabalho, mas só fique até tarde se for muito necessário. Porque o chefe vê a hora que você chega se atrasar, mas nunca vê a hora que você sai se ficar até depois". Paulo acreditava que um namoro era um pouco assim. As mulheres veem todas as suas faltas, os defeitos, manias e erros. Mas nada de reconhecerem suas renúncias, pequenos sacrifícios do dia a dia e todas as coisas de que abriu mão em nome delas. Essas atitudes altruístas vão para o limbo das boas intenções, um lugar perdido no tempo e no espaço para onde vão as ações esquecidas, apesar de ternas. E por falar em tempo e espaço, não era isso que ela queria? Então era hora de se afastar. Deixar a garota respirar, enquanto ele sufocava em seu casulo, sua carapaça de caranguejo, sua prisão domiciliar perpétua nesse corpo de canceriano.

Ela que aproveitasse o tempo dela, pois o seu Oscar de melhor roteiro de filme romântico ela já havia impedido. Acabou com a história que ele escrevia nas linhas do destino com todo carinho e amor, açúcar e afeto. Era melhor deixá-la pra lá e conformar-se com o fato de que não era capaz de fazer ninguém gostar de si da mesma forma que estava sempre propenso a gostar das pessoas. Esse é o problema com os impostores: cedo ou tarde, eles têm sua identidade secreta revelada. E a sua verdadeira face era a de um perdedor. Só poderia ser essa a explicação.

Durante as semanas seguintes, as que compreendiam o malfadado "tempo", não parou de imaginar coisas terríveis sobre o porquê de ela ter me feito este abjeto e perfurante pedido. Para onde ele olhava, lá estava ela: esquecendo-se dele, sem querer mais saber de voltar a vê-lo, disposta a não encontrá-lo mais e, claro, beijando outros caras. Esta última possibilidade se materializava em suas retinas cansadas e inchadas de forma tão concreta que pequenas alfinetadas se faziam sentir imediatamente no coração. Se não estava com ele, também não precisava sair beijando ninguém mais por aí, né? Aí já era demais. Macular seu corpo angelical com o toque alheio e sem consideração de outro espécime masculino, incapaz de destinar-lhe o mesmo amor que ele. Não! Isso ele não poderia aceitar.

Mas fazer o quê? Na sua cabeça, na sua ardilosa e cruel imaginação de canceriano, ela estava sim beijando outros caras. E, quando o fazia, pensava nele (claro), perguntando para si mesmo, impiedosa: "Será que ele sabe? Será que ele sabe?".

Seus pensamentos de autocomiseração, seu quase prazeroso sofrimento foi interrompido certa tarde por um telefonema. Era ela! Pensou melhor, se arrependeu, descobriu que gosta dele e... quer voltar, reatar o namoro, continuar de onde pararam. Aí você, assim como todas as pessoas sensatas desse mundo, pensa: voltou e parou de sofrer.

Ah, se fosse tão simples. O fato é que ele, o nosso Paulinho, esgotado de imaginar histórias, cada uma mais trágica que a anterior numa escala que mudava o conceito de fundo do poço a cada novo enredo, afogado de tanta amargura, sufocado de tanto rancor, não a aceitou de volta. O orgulho falou mais alto. Depois de tudo que ela lhe fez em seus pseudo-sonhos, após protagonizar as mais terríveis traições em seus pensamentos vis, não poderia simplesmente chegar e querer ser aceita assim, numa boa, como se nada tivesse acontecido. Além do mais, ela não tinha o direito de estragar o seu momento de sadomasoquismo, seu sofrimento particular quase agradável, seu momento de sentir pena de si mesmo. Quem ela pensava que era?

Hoje, analisando tudo friamente, ele gostaria que eu pudesse contar outra história. Uma narrativa em que ele tivesse agido de maneira um pouco mais amadurecida, mais adulta mesmo. Se ele agisse assim na ocasião, provavelmente a tivesse aceitado de volta, tranquilo, como um rapaz bem-resolvido e compreensivo, entendendo que o tempo em que andaram apartados houvera sido um período de autoconhecimento e crescimento importante para ambos. Entretanto, não foi isso que aconteceu. Eles nunca mais estiveram juntos como um casal. Os tenebrosos pensamentos povoados de terríveis ocorrências e energia negativa impediram uma reaproximação. Como se vê, a imaginação crustácea pode ser muito perigosa. E, como diz o professor Jones Guanabara: "*Para o bem ou para o mal*".

* * *

Quando você não acha o lugar onde você está num mapa, você tem um problema. Ainda mais se está num país estranho, além do oceano e com uma mochila nas costas que deve pesar mais que a consciência de um assassino em série inseguro. Hoje em dia tudo parece fácil. Com as reservas online, as comunidades virtuais, os Google Maps, tudo a um clique de distância nos iPhones da vida. Mas e se o seu pequeno prodígio tecnológico que faz todo o trabalho estiver sem bateria? Você tem que se virar com o arcaico mapa de celulose e estes não têm GPS. Nessas horas, você para e se descobre perdido, desorientado. Precisa encontrar um apartamento cujos primeiros meses já pagou previamente pela internet, mas os nomes de ruas onde nunca esteve antes acabam por embotar seu senso de orientação.

Um velho amigo paulista, o Antônio, com sérias inclinações à alegria e celebração das boas coisas da vida, costuma dizer em situações como essas: "Esse é o momento em que a gente pára e toma uma cerveja". O mesmo amigo também sustenta uma ótima teoria sobre a representatividade institucional do nosso planeta em caso de uma visita oficial alienígena. Os visitantes ao chegarem em qualquer parte da Terra não deveriam chegar para um local e perguntar pela prefeitura, presidência ou nada disso. Eles deveriam sim, aterrissar suas naves, sair caminhando majestosos e pedir solenemente: "Por favor, leve-me a um pub irlandês".

Os pubs irlandeses estão por toda parte. E, evocando o seu amigo, Paulo resolveu entrar em um desses locais de deliciosa e esfumaçada penumbra, tomar uma refrescante taça de néctar amargo e relaxar um pouco. Já que ele estava perdido numa capital onde nunca estivera antes, poderia muito bem interromper sua caminhada e lançar pensamentos ao ar, mesclando-os à atmosfera aconchegante e à temperatura confortavelmente controlada do ambiente fechado. Seus devaneios subiriam lentamente, embalados pelo rock progressivo do início de fim de tarde. O primeiro gole lhe deu a impressão de ter sido o melhor que já houvera tomado na vida. Que bom que se pode contar com um pub irlandês sempre que estamos perdidos e nossos caminhos não nos levam a lugar algum, pensou. E que pena que não temos pubs irlandeses metafóricos, figurativos, para aqueles muitos momentos em que estamos perdidos na vida, sem saber que escolhas fazer, que rumo tomar. Na rotina que levamos, nessa sucessão de alternativas intermináveis, bifurcações a confrontar, além de não termos nada que se pareça vagamente com um iPhone carregado com GPS funcionando, também não há nenhum "O'Brien's" ou qualquer outro nome homenageando esses bravos heróis que molham nossa garganta e aliviam um pouco a alma. Na vida, estamos por nossa conta e risco.

Foi tomando uma generosa porção de cerveja europeia que se deu conta que, ao se encontrar do outro lado do Atlântico, com um mapa confuso e nada conclusivo nas mãos, vivia mais uma situação paralela à sua própria existência. Concluiu após considerar que chegou a um momento da vida em que não sabia o que queria, mas já tinha certeza do que não queria. Estava parado, inerte, disperso, convicto de que vivia uma mentira havia anos, que tinha feito a escolha errada em algum momento do meu trajeto recente.

Antes estava tudo bem. Ainda no fim da adolescência, naquele tempo em que nos achamos invencíveis, anabolizados pelo sentimento aparentemente inesgotável de *toda-uma-vida-pela-frente*. Profissional iniciante, empenhava-se com todo o vigor característico da juventude a qualquer missão a ele confiada. Foi assim com a bolsa de pesquisa que adquiriu no Departamento de Letras. Bolsa disputada, mas que venceu graças à entrega e dedicação que demonstrou no processo de seleção. Levou a melhor sobre alunos mais veteranos que ele. No estágio de professor assistente também foi igual. Tentar fazer aqueles infantes recém-entrados na pré-adolescência descobrir o prazer da leitura era apaixonante e lhe fazia enfrentar cada dia com crescente empolgação.

O sentimento de incômodo, náusea e indecisão foi surgindo aos poucos e germinando com o passar dos anos. De repente, deu origem a uma sensação bastante clara de falta total de identificação. Ele se via como um refugiado alijado de sua pátria mãe e obrigado a viver em terra estranha, desrespeitosa com sua cultura, seus valores, suas crenças. Surpreendeu-se dizendo e questionando a si mesmo: "*Sei que não pertenço a esse lugar. Mas a que lugar eu pertenço? Eu pertenço?*".

Nesta fase, ele tentava relativizar os acontecimentos, lavar seus sentimentos com a água benta do bom senso e raciocínio lógico. "*Calma, calma, é só uma fase*", repetia diante do espelho. Tentava se convencer de que ele estava numa descida no trajeto que seguia, nessa verdadeira montanha-russa sentimental que caracteriza os seus dias. É que o seu "mapa" indica um caminho sinuoso, cheio de sacudidas, altos e baixos, curvas inesperadas e surpreendentes.

O professor Jones Guanabara diz que "*entre as suas características estão a sensibilidade, ternura, criatividade artística, intuição, carência, comportamento 'lunático', fantasia, impressionabilidade, vulnerabilidade psíquica e emocional, insegurança, dificuldade de cortar o cordão umbilical, de romper com o passado*".

Tem fases, como a lua...

Vamos nos ater a alguns aspectos dessa longa e grave definição do especialista. Mais especificamente a "*carência, comportamento lunático, vulnerabilidade psíquica e emocional, insegurança*" e, importantíssimo!, ao fato de ele ter "*fases, como a lua*". Esse parágrafo revelador do mestre zodiacal surgia junto a uma série de possibilidades. Seria essa confusão mental toda produto de uma carência latente? Ou talvez fosse fruto do seu *comportamento lunático*? *A vul-*

nerabilidade psíquica e emocional, bem como a insegurança, também não poderiam ser descartadas de primeira. Porém, o mais provável era que ele estivesse vivendo um período minguante de sua vida, afinal ele não passava de um canceriano, um impostor sempre pronto a ser desmascarado e a sua trajetória era cheia de *fases, como a lua.*

O caso era que o seu desempenho acadêmico e profissional inspirava elogios de professores, orientadores, familiares, amigos e chefes. Enxergavam nele um jovem promissor, decidido e bem-encaminhado. Por fora de sua carapaça de caranguejo, ninguém via nada da tempestade que tinha lugar em sua turbulenta cabeça crustácea. Sem perceber, inconscientemente, assim como tudo em sua vida, ele havia se convertido em alguém de quem se espera algo e por esse "algo", entenda-se boas coisas. Paulo, involuntariamente, sempre criava expectativas nas pessoas ao meu redor. Sobre cada dia de trabalho, cada serviço desempenhado, sobre o futuro que lhe esperava sorridente e ensolarado, sobre um caminho bem pavimentado e sem sobressaltos que ele seguiria dali pra sempre, rumo a uma posteridade de respeito e admiração alheia. Ele era o garoto prodígio, que emanava sucesso e enchia o ar de suspiros de satisfação. Ele era uma missão cumprida para quem lhe educou, orientou, encaminhou. Ele era, enfim, ALGUÉM!

Alguém, sim, era isso que ele era. Todos querem ser alguém, que é o contraponto exato de ser um "ninguém". Paulo chegara lá e precisava dar duro a cada dia que se anunciava para continuar sendo esse alguém, para manter esse status de êxito, de plenitude, de boa procedência.

Parecia ótimo, mas logo ele percebeu que a pior coisa do mundo era ser alguém. As pessoas vivem querendo ser alguém. Passam os dias se esforçando, desperdiçando tempo e dedicando toda a energia disponível tentando ser e demonstrar que são alguém na vida. Mas existe uma verdade sobre a qual pouca gente se dá conta. Quando você se torna alguém, vira refém desse alguém. Ele passa a mandar em você, obrigá-lo a agir, falar e se comportar como ele. Ser alguém significa ser aceito e, para isso, você não pode relaxar nunca. É assumir os riscos de uma vida sob tensão. É se comprometer seriamente com outra identidade, nova em folha, que provoca olhares e bons sentimentos em sua direção. O problema é que a partir do momento em que você se torna alguém, nunca mais poderá ser você. Passa a ter que corresponder às expectativas que recaem sobre seus ombros. Você tem uma enorme responsabilidade, um nome a zelar. Enfim, você é alguém.

A caneca secou. Hora de pedir mais uma. Paulinho aproveita bem o momento de solidão, de total indiferença de todos os presentes naquele pub irlandês. Eles não esperam que ele faça nada surpreendente, admirável ou ideal. Eles não lhe colocam pressão. Na verdade, eles não esperam nada que daquele cantinho onde se acomodou. Por eles, não importa se ele quiser ficar sentado ali, tomando uma cerveja após a outra pelo resto de sua vida anônima. Com isso em mente, dá um meio sorriso, sente-se feliz, livre, realizado por perceber que, naquele momento e naquele lugar do mundo, ele é "ninguém".

Dirige-se ao balcão, pede mais uma caneca grande de meio litro. O barman solícito lhe atende em um instante. Aproveita e pergunta sobre o endereço onde ficará alojado. Mostra o nome da rua e números indicativos num papel impresso da internet. O funcionário lhe diz que é bem perto dali. Está a uns poucos quarteirões. Responde a suas indicações com um agradecido sorriso. Ele, que acredita tanto em senhas e sinais, enxergou aquela informação geográfica recém-obtida como uma indicação de que as coisas começavam a melhorar. Toma tranquilamente a cerva e sai pela rua em busca do local que vai chamar de lar pelos próximos meses. Muitas pessoas passam por ele, rostos que cruzam seu caminho. Sente ganas de olhá-los bem, todos eles. A hora avança, mas a tarde/noite ainda está clara, numa demonstração da insistência e teimosia do astro rei em deitar-se no verão.

Coloca então os óculos escuros, para poder ver melhor as pessoas. Não apenas para poder olhá-las com arrojados movimentos dos olhos imperceptíveis, mas para poder vê-las como realmente são, desprovidas de cores, de luminosidade, com suas aparências cinzentas, realçadas pelas sombras que o seu olhar lhes confere. Todos eles estão tão confusos quanto o próprio Paulo. Parecem tão pertencentes a esse mundo moderno quanto qualquer caranguejo perdido. Vai enfrentando os quarteirões que lhe separam de sua nova casa em estado puro de reflexão e retrospectiva. Pensa em tudo que passou desde que chegou ao aeroporto brasileiro havia 10 dias até ali. Lembrou das comparações, joguinhos mentais, leituras e metáforas para a vida que elucubrou distraído. Recordou das referências a fuga, a uma suposta tentativa de se perder para se encontrar. Logo lhe veio à lembrança os acordes de um rock'n'roll brega e sentimentaloide que ouviu na infância e em parte da adolescência. Tentou não contrariar o roteiro escrito e cantou baixinho a canção escrita por um desses gênios criativos autodestrutivos que morreram cedo: "*Quero me encontrar, mas não sei onde estou. Vem comigo procurar algum lugar mais calmo. Longe dessa confusão e dessa gente que não se respeita. Tenho quase certeza que eu não sou daqui*".

Este livro foi composto em tipologia Rotis Semi Serif,
corpo 11/16 em papel pólen soft 80g/m² e impresso na Unigráfica
Natal/RN, em novembro de 2016 para o selo Jovens Escribas.